로또부터 장군까지 16

2024년 8월 16일 초판 1쇄 인쇄
2024년 8월 21일 초판 1쇄 발행

지은이 게르만
발행인 김관영

기획 박경무 강민구 임동관 조익현 최시준 신정윤
책임편집 오영란
마케팅지원 유형일 장민정

발행처 (주)로크미디어
출판등록 2003년 3월 24일
주소 서울시 마포구 마포대로 45 일진빌딩 6층
Tel (02)3273-5135 **Fax** (02)3273-5134
홈페이지 rokmedia.com **E-mail** rokmedia@empas.com

ⓒ 게르만, 2023

값 9,000원

ISBN 979-11-408-2222-5 (16권)
ISBN 979-11-408-1132-8 04810 (세트)

ROK
MEDIA
로크미디어

로맨부터
창고까지

게르만 현대 판타지 장편소설 **16**

CONTENTS

Chapter 1

"태현아, 지금 적이 차단선을 확인하고 도주 중이다. 현재 도주 시도 중인 거수자는 3명. 방금 무전 받았으니까 도로까지 내려오려면 시간이 좀 걸릴 거다. 싹 다 잡아 놔."

─3명이라…… 알겠습니다.

박태현은 대한의 지시에 아무런 질문도 하지 않은 채 바로 전화를 끊었다.

대한이 차단선을 향해 다가가던 그때.

박병은이 대한에게 연락을 해 왔다.

"예, 충성."

─김 중위, 박 하사 혼자 뭐 어떻게 하라고 보내는 거야?

"도주 중인 거수자 잡으라고 보냈습니다."

-그건 알지. 근데 3명이라며 박 하사 혼자 그게 가능해?

"음…… 박 하사랑 많이 멀어지셨습니까?"

-어, 난 공사 현장에서 조금 나와서 너한테 전화하는 중이야.

"그럼 얼른 쫓아가 보십쇼."

-응?

대한이 씨익 웃으며 말했다.

"EHCT 팀장 후보가 어떤 놈인지 직관할 기회를 드리겠습니다."

-……혼자 3명을 잡는다고?

"불가능할 것 같으면 지시하지도 않았을 겁니다."

박병은이 잠시 생각에 잠기더니 이내 입을 열었다.

-……일단 알겠다. 한번 쫓아가 보마.

백문이 불여일견이라 했다.

박병은은 대한에게 더 이상 논리전을 펼치고 싶지 않았다.

훈련용 수류탄 때도 그렇고 이곳은 항상 상식 이상의 것을 보여 주는 곳이니까.

박병은의 대답에 대한이 씩 웃으며 답했다.

"예, 즐거운 시간 되십쇼."

이후, 대한은 정우진의 차단선 진지에 도착했다.

정우진의 최초 보고는 거수자를 발견했다는 것이었다.

하지만 정우진의 진지에는 거수자 한 명이 구속된 채 대기 중이었다.

대한이 그를 흘끔 쳐다본 뒤 정우진에게 물었다.

"추가적인 거수자는 없었습니까?"

"다른 진지들 상황을 듣고 경계에 더 집중하는 중인데 아직까진 이 인원 말고는 더 보이진 않는다."

"흠……."

어떤 곳은 혼자 보내고 어떤 곳은 조를 이뤄서 보내고.

조를 이뤄서 보낸 건 이해가 되었지만 단독으로 침투를 시킨 건 이해가 되지 않았다.

대한이 고민하고 있자 정우진이 말했다.

"미끼를 던진 게 아닌가 싶다."

"미끼 말씀이십니까?"

"어, 우리가 이 인원을 처리하는 데 신경 쓰고 있을 때 다른 곳으로 침투할 생각이 아니었을까?"

에이, 설마.

공병단을 그렇게 물로 본다고?

대한은 정우진의 예상이 아니라고 답하려 했다.

하지만 다시 생각해 보니 마냥 틀린 소리는 아닌 것 같았다.

'생각해 보면 124연대가 우리 전력을 모르잖아?'

어쩌면 정우진의 예상이 맞을 것 같다는 생각이 든다.

대한이 어이없다는 듯 말했다.

"이 정도면 저희를 쉽게 생각하는 것은 물론이고 특공여단까지 아무것도 아니라고 생각하는 것 아닙니까?"

"마이크 타이슨이 한 말 생각나지 않냐?"

"누구나 그럴싸한 계획을 갖고 있다. 처맞기 전까지는."

"124연대의 계획 자체는 그럴싸하잖냐. 우리가 가만히 있으면 뭔들 못해 보겠냐."

이래서 124연대의 가용 병력이 많은 것이 마음에 안 들었다.

중공군도 아니고 온갖 시도를 할 수 있지 않나.

'재도전 코인이 너무 많아.'

대한이 고개를 내저으며 정우진이 잡은 거수자에게 다가갔다.

"정찰을 빙자한 침투를 한 거야?"

"……전 잘 모릅니다."

"그래, 네가 아는 게 어디 있겠어. 그래도 잘 생각해 봐야 할 걸? 못 떠올리면 군 생활 힘들어질 거야."

"……예?"

거수자의 계급은 상병.

상병을 언제 달았는지는 모르겠지만 한참 군 생활 편할 때 아니겠나.

그는 대한의 말에 당황스러운 표정을 짓는 것도 잠시, 이내 비장하게 말했다.

"생각할 것도 없습니다. 아무것도 들은 것이 없습니다."

"잘 들어. 난 딱 세 번만 제안해. 그 뒤엔 내 마음대로 할 거야. 다시 한번 물을게 네 임무가 정확히 뭐야."

"……."

"이제 마지막이야. 아, 마지막으로 질문하기 전에…… 군 생활을 힘들게 할 거라는 말이 궁금할 것 같아서 이것만 말해 줄게. 내 마지막 질문이 끝나고 네가 아무런 대답을 하지 않는다면 널 그냥 곱게 부대 앞으로 데려다줄 거야."

대한의 말에 거수자의 얼굴에 의문이 가득 찼다.

대한은 그의 반응을 무시한 채 말을 이었다.

"왜 보내 주나 싶지? 잘 생각해 봐. 넌 연대장님한테 불려 가서 얻어 온 정보를 말해야 할 텐데 지금 아무것도 모르잖아. 그럼 이 훈련에 진심을 다 하시는 연대장님께서 얼마나 실망스러우시겠어. 더 나아가 단독 임무를 받아 움직인 너만 살아왔다? 네가 침투 시도를 제대로 하지 않았다고 생각하시지 않을까?"

믿을 만한 놈을 보냈겠지만 결과적으로는 병사를 의심할 수밖에 없을 터.

그도 그럴 것이 눈앞에 있는 거수자만 부대에 복귀를 할 것이니까.

'대충 두세 명은 작전에 성공해서 복귀할 거라고 생각하고 열 명 정도 보낸 것일 텐데 고작 한 명? 그런 상황에 이 녀석 말을 제대로 믿을 수 있을까?'

심지어 그가 아는 사실은 아무것도 없다.

그제야 상황 파악이 끝난 거수자의 얼굴이 심각해지자 대한이 웃으며 말했다.

"연대장님한테 보고할 내용 생각해 봤어? 내가 생각했을 때는 차단선이 견고하다와 너를 제외한 전 병력 작전 실패했다는 것밖에 전달 못 드릴 것 같은데…… 안 그래?"

"……그렇습니다."

"그럼 잘 생각해. 난 많은 걸 바라지 않아."

거수자가 잠시 고민하더니 이내 조용히 한숨을 내쉬며 물었다.

"말씀드려도 절 부대로 복귀시킬 것입니까?"

"그럴 리가. 귀중한 포로님이신데 훈련 끝날 때 까지 우리가 잘 모셔야지."

"후, 알겠습니다. 제가 싹 다 말씀드리겠습니다. 대신 다른 곳에서는 질문 안 해 주셨으면 좋겠습니다."

포로들이 모인 곳에서도 질문을 할까 걱정하는 것 같았다.

대한이 웃으며 말했다.

"에이, 난 의리 지키지. 절대 누가 말했는지 알 수 없을 거야."

거수자가 고개를 끄덕이며 입을 열었다.

"일단 정찰을 위한 접근이긴 했습니다. 하지만 차단선 진지들이 야간을 위한 휴식을 취하고 있다면 그대로 침투를 강행하는 것까지가 이번 작전이었습니다."

"흠, 연대장님은 우리가 낮에 쉴 거라 예상을 하셨던 거야?"

"예, 특공여단과 훈련을 했던 기록을 보고는 저희에게 자신감을 불어넣어 주셨습니다."

이야.

사람 너무 쉽게 본 거 아니야?

'했던 대로 그대로 하는 아마추어가 어디 있어?'

이럴 줄 알고 차단선 진지 인원들에게 교대로 휴식을 취하라 전달을 해 놓은 상태였다.

거수자의 말을 들은 정우진이 말했다.

"연대장님께서 그게 공병단 스타일이라고 생각하신 것 같네."

"그런 것 같습니다."

"아쉬우시겠다. 멀쩡한 전력만 낭비했어. 이번 작전에 투입된 인원이 총 몇 명이야? 여러 방향으로 정찰을 시도한 것 같던데?"

대한도 궁금했던 사항이었다.

올라오면서 대한에게 전달된 무전만 5개였다.

그러니 현재까지 파악된 인원은 5명.

그중 포로 인원 2명에 도주 인원 3명이었다.

문제는 아직까지 정확한 식별이 되지 않은 진지가 있다는 것.

'30진지는 수상한 움직임이 있다고 경계 중이랬지.'

정우진의 물음에 거수자가 말했다.

"총 10명이 투입되었고 5개 조로 나누어 임무를 수행했습니다."

대한은 그의 말에 잠시 생각에 잠길 수밖에 없었다.

'잠깐만…… 그럼 30진지 앞에 5명의 적이 있다는 거야?'

대한이 놀란 표정으로 정우진을 바라봤다.

정우진도 놀랐는지 크게 뜬 눈으로 대한을 멍하니 바라봤고 대한이 서둘러 휴대폰을 꺼냈다.

그리고 곧장 박태현에게 전화를 걸었다.

하지만 그는 전화를 받을 수 없는 상황이었다.

대한의 지시를 따라 도망간 3명의 적을 미친 듯 쫓고 있으니까.

정우진은 다급해진 대한을 보며 말했다.

"무전 칠 거야?"

"안 될 것 같습니다. 무전 소리로 적들이 도망갈 기회를 주는 것과 마찬가지입니다. 제가 직접 다녀오겠습니다."

"그래, 아직 보고 없는 거 보면 눈치보고 있는 것 같으니까 얼른 가서 해결해라. 포로한테는 내가 질문하고 있을게."

대한은 고개를 끄덕이고는 곧장 30진지로 달려가기 시작했다.

잠시 후, 30진지에 도착한 대한이 호흡을 고르며 진지 인원들에게 다가갔다.

"하아, 최초 보고 이후에 특별한 움직임은 없었어?"

"예, 그렇습니다."

"사람인 건 확실했어? 동물 아니었지?"

"동물은 절대 아닙니다. 분명 말소리가 들렸습니다."

말을 하면서 왔다라.

적진지 근처인 걸 아는 놈들이 할 행동은 아닌 것 같은데.

대한이 고개를 갸웃하며 물었다.

"지뢰는 어디 설치해 놨어?"

"진지에서 시야가 확보되지 않는 곳에 쭉 깔아 놨습니다."

대한이 머리를 살짝 들어 주변을 살폈다.

'적들이 침투하기 참 어렵게 생겼네.'

30진지는 시야가 잘 확보되는 곳이다.

주변의 나무도 거대해 시야를 방해하는 곳이 없었다.

하지만 30진지에서 시야가 확보되지 않는 딱 한 곳.

그곳은 바로 절벽과 같은 경사가 있는 곳이었다.

각도상 그곳에 숨어 있으면 진지에서는 전혀 살펴볼 수가 없었다.

'그래서 저곳에 지뢰를 설치해 뒀겠지.'

대한이 진지 병력들을 격려했다.

"아주 잘하고 있네."

"훈련했던 대로 했을 뿐입니다."

"그래, 그렇게만 하면 돼."

대한은 메고 있던 총기를 손에 쥐었다.

그리고 탄알집을 꺼내 결합을 했다.

그러자 진지 병력이 물었다.

"인사장교님, 총기는 왜……?"

"거수자들 소탕하러 가야지."

"방금 탄 들어 있었……."

"쉿. 작전과 관련 없는 질문은 나중에 해."

대한은 그대로 진지를 빠져나와 30진지를 크게 우회했다.

머릿속으로 지도를 떠올리며 거수자 5명이 숨어 있을 만한 곳을 찾기 시작했고 이내 몇 군데 후보지를 선정했다.

진지에서 출발해 천천히 산을 내려가며 후보지들을 확인했다.

하지만 있어야 할 거수자들은 전혀 보이지 않았다.

그렇게 마지막 한 곳을 남겨 두고는 고민을 했다.

'설마 아까 그 지뢰가 설치된 곳에 있을까?'

30진지의 앞 큰 경사가 있는 곳.

124연대의 다른 정찰조들의 동선과 겹치지 않고 숨어 있을 만한 곳은 그곳 하나였다.

문제는 거기 숨어 있다면 지뢰가 터져 위치가 발각되는 건 물론 이미 포로가 되었을 것이다.

대한이 고개를 갸웃거리는 것도 잠시 그곳을 향해 움직이기 시작했다.

크게 돌아 접근 중이었기에 대한이 걸릴 위험은 거의 없었다.

대략적인 위치를 살핀 대한이 속도를 줄이고 은엄폐를 실시하며 접근했다.

그리고 지뢰가 설치된 그곳.

거수자들이 절대 없을 것 같았던 곳에 거수자 5명이 모여 속 닥거리는 모습이 눈에 들어왔다.

대한은 어이없다는 듯 고개를 내젓고는 그들을 향해 다가가려 했다.

그때였다.

타앙!!

갑작스런 총소리에 대한이 놀란 눈으로 주변을 살폈다.

분명 거수자 5명 모두 대한의 눈앞에 있었건만 누가 총을 쐈다는 것인가?

아니, 그전에 124연대도 공포탄을 들고 온 거야?

'설마 모든 물자라는 말을 제대로 이해한 건가.'

일단 대한은 본인을 향한 총성이 아니란 것에 안심했다.

그렇다면 누구지?

고민을 하던 그때 대한의 휴대폰이 울렸다.

발신자는 박태현.

덕분에 바로 알 수 있었다.

'아, 네가 쏜 거구나.'

3명을 제압하라는 지시를 받은 박태현에게도 공포탄은 지급되어 있었다.

그렇기에 안도가 됐다.

'뜀걸음만으로는 못 잡을 상황이었나 보네.'

그러니 공포탄을 쐈겠지.

대한이 안심하며 속을 쓸어내리던 그때, 거수자들이 놀란 눈으로 주변을 살피더니 자리를 뜨려고 했다.

현 상황을 자세히 몰라 일단 자리를 피하려는 것 같았다.

대한은 그들이 아닌 하늘을 향해 총구를 겨누었다.

그리고 공포탄 5발을 쏴댔다.

탕탕탕탕탕!!

훨씬 더 가까운 곳에서 들린 총성에 거수자들이 동작을 멈추었다.

대한이 나무 뒤에서 모습을 드러내며 말했다.

"자, 전원 전사했으니 그 자리에 가만히 서 있어."

대한을 발견한 거수자들이 망연자실한 표정으로 한숨을 내쉬었다.

대한은 그들에게 다가가 그들이 앉아서 작전회의를 하고 있던 곳을 살폈다.

"너희들 운이 참 좋은 놈들이었네."

"……그게 무슨 말씀이십니까?"

"여기 지뢰지대인데 딱 거길 피해서 밟았던 것 같다."

"……지뢰지대?"

거수자들이 주변을 살피며 허둥거리자 대한이 손을 들어 그들의 움직임을 막았다.

"야야, 동작 그만. 움직이다가 지뢰 밟으면 진짜 숨질 줄 알아."

"아, 예."

대한이 그들을 안전한 곳으로 끌어낸 후 그대로 정우진의 진지로 이동했다.

✳

진지에서 잡은 거수자들 모두 쓸 만한 정보를 가지고 있지 않았다.

그들은 정찰보다는 침투에 초점을 맞췄던 조였고 그나마 정보를 가지고 있는 놈들은 박태현이 쫓고 있던 인원들.

대한은 잡은 거수자들을 정우진에게 인계한 후 박태현에게 향했다.

박태현에게 전달받은 위치는 공사 현장에서 좀 떨어진 한 논이었다.

대한이 거수자들을 묶고 있는 박태현을 발견하고는 물었다.

"야, 공포탄까지 쏠 필요가 있었어?"

"어휴, 말도 마십쇼. 이 자식이 계속 도망가서 얼마나 열 받았는지 아십니까? 아마 평가관님이 없었으면 계속 도망갔을 겁니다."

대한은 주변을 둘러보며 박병은을 찾았다.

"평가관님은 어디 가셨냐?"

"저기 계시지 않습니까."

박태현은 한 정자를 가리켰고 그곳을 가만히 살피자 대자로 뻗어 있는 박병은이 보였다.

　　"……공포탄 평가관님한테 쏜 거 아니지?"

　　"아닙니다. 현장부터 여기까지 거리가 좀 있지 않습니까. 같이 전력질주를 좀 하시더니 그대로 쓰러지셨습니다."

　　"평가는 제대로 해 주셨지?"

　　"예, 이 인원들 포로랑 사망자 분류해 주시고 전사하셨습니다."

　　"그럼 됐네. 그나저나 도망가려던 친구가 누구야?"

　　박태현이 그가 쓰고 있는 방탄모를 탁 치며 말했다.

　　"이 자식입니다."

　　그러자 박태현에게 맞은 인원이 미간을 찌푸리며 말했다.

　　"아! 왜 때리십니까?"

　　"어쭈, 죽은 놈이 말이 많네?"

　　"하…… 진짜."

　　대한이 고개를 갸웃거리며 물었다.

　　"병장이네?"

　　"예, 이렇게 훈련 열심히 하는 병장은 또 처음 봅니다."

　　"너도 열심히 했었잖아."

　　"전 전역을 못하는 상황이었지 않습니까."

　　대한이 그에게 다가가 이름을 확인하며 말했다.

　　"최원준 병장? 부사관 지원했어?"

"아뇨."

"……아뇨?"

"왜요."

"……왜요?"

대한이 어이없다는 표정으로 박태현을 바라봤다.

그러자 박태현이 어깨를 으쓱거리며 말했다.

"보십쇼. 얼마나 말을 안 듣던지…… 공포탄을 쏠 수밖에 없었습니다."

"불가피한 선택이었겠네."

대한이 최원준에게 조용히 말했다.

"원준아."

"……."

"내가 사람 좋아 보여?"

"……예?"

대한이 탄알집을 꺼내 그의 방탄을 두드렸다.

탁. 탁.

가벼운 움직임이었지만 최원준에게는 커다란 음파 공격이었다.

최원준이 인상을 찌푸리며 말했다.

"아, 진짜!"

"나에 대해 설명이 좀 필요할 거 같은데…… 병력들한테 공포탄 준 것도 나고 허락 없이 발포해도 된다고 승인한 것도 나야. 전역하는 너만큼 나도 뒤가 없이 군 생활 중이라고. 알아들어?"

대한의 말에도 최원준의 태도는 변하지 않았다.

여전히 불만 가득한 표정으로 대한을 바라보는 중이었다.

대한이 고개를 갸웃거리며 물었다.

"야, 원준아. 너 뭐 훈련 잘해서 휴가를 타야 되는 이유라도 있냐? 왜 이렇게 진심이야?"

"알 거 없잖습니까?"

재밌네.

얘는 왜 이렇게 사나울까?

그것도 군대라는 철저한 계급 사회에서.

대한은 화를 내기보단 녀석에 대해 깊이 파고들어 보기로 했다.

그래야 제대로 기를 꺾을 수 있을 테니.

그런 의미에서 우선은 원초적으로 제압해 보기로 했다.

사람을 다루는 방법 중 가장 원초적인 방법은 공포.

대한이 눈에 살기를 띠기 시작하자 그때 곁에 있던 거수자 중 하나가 다급히 말했다.

"주, 중위님! 최 병장은 꼭 휴가를 나가야 합니다."

역시. 공포스러운 분위기를 조성하니 당사자가 아니라도 누군가 나서 주긴 하네.

대한이 쓴 인상 그대로 물었다.

"왜?"

"그…… 여자 친구가 좀 아파서 나가 봐야 한다고 했습니다."

"얘가 의사야? 아프면 병원 가면 되잖아."

"아, 그게……."

말을 하던 병사는 최원준의 눈치를 살폈다.

그러자 최원준이 한숨을 내쉬며 말했다.

"입 싼 새끼. 그걸 왜 말해 줘?"

최원준이 대한을 보며 말을 이었다.

"의사도 못 고치니까 제가 간다고 하는 겁니다."

"의사가 못 고친다고?"

"희귀병인데 의사가 그걸 쉽게 고칠 수 있으면 희귀병이라고 도 안 불렸을 거 아닙니까."

"희귀병?"

"예, 그리고 휴가가 필요한 게 아니었습니다. 이 훈련이 빨리 끝나야 제가 나갈 수 있으니까 열심히 했던 것뿐입니다."

이런 큰 훈련을 앞둔 부대에서는 보통 병력들의 휴가를 통제 한다.

최원준 또한 갑작스럽게 잡힌 훈련에 휴가를 통제당했을 터.

그렇군.

최원준의 사나움의 이유를 알겠어.

이유를 알고 나니 공략법이 보였다.

대한이 피식 웃으며 물었다.

"여자 친구 병원이 어딘데?"

"그건 왜 물어보십니까?"

"훈련 안 끝내고 싶나 봐? 질질 끌어 줘?"

대한의 말에 최원준이 대한을 노려보며 말했다.

"부산입니다."

"부산이라……."

대한이 시간을 확인하고는 박병은을 불렀다.

"평가관님!"

"……왜."

대자로 뻗어 누운 박병은이 이쪽은 쳐다보지도 않고 겨우 대답한다.

대한이 아랑곳 않게 말했다.

"전사자랑 포로는 제가 임의로 위치 시켜 놓겠습니다?"

"그건 평가 안 할 거니까 알아서 해."

그럼 그렇지.

대한이 고갤 끄덕이며 최원준의 포박을 풀어 주었다.

그런 다음 박태현에게 말했다.

"태현아, 너 부산 좀 다녀와라."

"……예? 부산을 말입니까?"

"어, 아까 들었지? 전사자 위치 임의로 위치시킬 수 있다고. 그러니까 애 좀 잠시 부산에 데려다 놔."

대한의 말에 최원준이 놀란 표정으로 대한을 바라봤다.

대한이 그의 포박을 완전히 풀어 준 후 시계를 보며 말했다.

"내가 줄 수 있는 시간은 저녁까지야. 가는 동안 박 하사 말 잘 들어."

"……왜 이렇게까지 해 주시는 겁니까?"

"싫어?"

"아, 아니 그게 아니고……."

"아니고?"

"아닙니다."

"억지로 끌려 온 팔자도 모자라 갑자기 잡힌 훈련에 희귀병 여자 친구도 못 보면 나라도 화가 나지. 근데 아무리 화가 나도 규칙을 무시하면 되냐?"

"……."

"그리고 공짜로 보내 주는 거 아냐. 네 의지를 보니 연대장님이 너한테 따로 언질해 준 계획도 있을 것 같은데."

대한의 말에 최원준이 잠시 망설이다 답했다.

"……예, 있습니다."

역시.

하지만 이어진 대한의 말은 의외의 것이었다.

"농담이야, 인마. 마음 힘든 놈한테 굳이 정보 캐낼 생각은 없다. 어찌 됐든 훈련이잖아. 다 같은 아군인데 네 마음 망가뜨려서 뭐 하나. 난 그저 네 군 생활의 마무리가 좋은 기억으로 남았으면 한다."

만약 최원준의 여자 친구가 이 시기에 잘못되기라도 한다면?

최원준은 군대를 평생 원망하며 살 것이다.

세상 풍파를 다 겪은 어른이라면 그러려니 할 수도 있겠지만 이들 모두 다 20대 아닌가.

사회생활도 제대로 못 해본 친구들이다.

그런 친구들에게 여자 친구는 큰 존재일 터.

대한이 박태현에게 차키와 신용카드 한 장을 건네며 말했다.

"운전 조심히 해. 가는 길에 먹을 거 충분히 먹고."

"예, 알겠습니다. 근데 저희 둘이 이렇게 자리 비워도 됩니까? 그래도 훈련 중인데…….."

"왜 안 돼? 최 병장은 전사자고 너는 현재 휴가 중인 병력인데?"

"아……!"

생각해 보니 그러네?

박태현은 애초부터 훈련과 상관이 없는 사람이었다.

최원준은 박태현 때문에 전사자로 분류되어 훈련이 끝날 때까지 할 게 없어진 상황.

박태현이 헛웃음을 터뜨리며 말했다.

"아까 그렇게 깝친 게 이렇게 호재가 돼서 돌아오네. 소대장님한테 감사드려라."

"……예, 정말 감사하게 생각하고 있습니다."

"시끄럽고 내 마음 바뀌기 전에 둘 다 빨리 사라져."

"감사합니다, 충성!"

두 사람은 순식간에 차량을 향해 달려 나가기 시작했다.

그리고 남은 거수자들은 그저 멍하니 대한을 바라볼 뿐이었다.

✳

대한이 포로들을 모두 부대로 옮기고 박병은과 함께 다시 공사 현장에 위치해 경계를 실시했다.

박병은이 대한에게 물었다.

"박 하사는 어디 갔어?"

"특별 임무를 지시했습니다."

"……난 안 따라가도 되는 거지?"

"궁금하시면 위치 알려 드립니까?"

"어휴, 아니. 전혀."

당한 게 있어서 그런지 바로 도리질을 한다.

그럼 나야 땡큐지.

그렇게 부대로 진입하는 도로들을 살피던 것도 잠시 대한의 휴대폰이 울렸다.

"어, 태현아."

─소댐, 최 병장이 말씀드릴 게 있답니다.

"최 병장이? 뭔데?"

감사 인사인가?

최원준이 휴대폰을 받아 들고는 대한에게 말했다.

-김 중위님. 저희 연대에서 살아 돌아간 사람 아무도 없지 않습니까?

"어, 없다. 10명 다 포로 아니면 전사자 처리됐다."

-그럼 오늘은 더 이상 추가 작전이 없을 겁니다.

하하.

갑자기 이걸 알려 준다고?

최원준은 남자였다.

그것도 은혜를 아는.

대한이 웃으며 물었다.

"계속 말해 봐."

-제가 이번 정찰 및 침투 작전에 핵심이었습니다. 연대장님께서 직접 알려 주신 계획으로 정찰에 성공한다면 그것을 바탕으로 계속해서 침투를 시도할 예정이었고 정찰에 실패한다면 공병단이 지칠 때까지 훈련을 장기화시킬 생각이셨습니다.

적의 말을 다 믿을 순 없었지만 이는 꽤나 신빙성 있는 말이었다.

그도 그럴 것이 세 번의 시도 모두 완벽히 실패를 한 124연대의 입장에서는 그 방법이 제일 안전해 보였으니까.

그리고 공격 시도를 마냥 늘려갈 순 없었을 것이다.

'백 번 공격해서 한 번 성공한 걸로 승리했다고 자랑하긴 힘

드니까.'

124연대가 공병단을 이겼다고 자랑하려면 한두 번 안에 작전을 성공해야 했다.

그러니 지금 같은 적극적인 정찰 말고 소극적인 정찰을 계속 실시할 터.

공병단의 체력 상황을 파악하기 위함과 동시에 공병단의 심력을 빼놓으려는 작전을 펼칠 것이다.

대한이 고개를 끄덕이며 말했다.

"정보 알려줘서 고맙다. 절대 네가 알려 줬다는 말은 하지 않을 게. 그나저나 여자 친구 보러 보내 줬다고 이야기하는 거야? 이걸 바라고 보내 준 건 아닌데?"

좋은 뜻으로 한 행동인데 의미가 퇴색되는 것 같아 아쉬웠다.

그에 최원준이 웃으며 말했다.

─아닙니다. 아까 너무 경우 없이 굴었던 게 죄송해서 말씀드리는 겁니다. 나중에 하극상으로 징계하셔도 달게 받겠습니다.

자식 남자네.

대한이 피식 웃음을 터트리던 그때, 공사 현장으로 차량 한 대가 접근하기 시작했다.

"잠시만."

대한은 휴대폰을 내린 채 차량을 향해 다가갔다.

그러자 차량은 재빠르게 불법 유턴을 해 방향을 틀었다.

대한이 차량을 빤히 바라보고는 미소를 지으며 말했다.

"징계는 무슨…… 표창이라도 줘야 할 판인데? 124연대가 우리들을 지치게 만들기 위한 작전을 시작한 것 같다."

대한은 운전석에 탑승한 사람의 행동은 물론 얼굴과 머리를 보고 확신했다.

'오던 길이라면 끝까지 와서 상황을 살피고 돌리든지 해야지 갑자기 불법 유턴을 해?'

심지어 대한과 또래로 보이는 얼굴에 짧은 머리.

누가 봐도 군인 아니겠나.

대한의 말을 들은 최원준이 물었다.

ㅡ작전을 시작했다니 그게 무슨 말씀이십니까?

"방금 차량 한 대가 공사 현장이랑 날 보고 바로 방향을 틀어서 돌아갔어. 운전자도 군인 같고."

ㅡ그럼 아마 맞을 겁니다. 저희가 출발할 때 수송부에서 준비하고 있던 차량들이 몇 대 있었습니다.

연대 소속 병사에게 확인까지 받았으니 더 고민할 필요도 없었다.

'귀엽네. 이런 걸로 우리 힘을 빼려고 하다니.'

대한은 최원준에게 잘 다녀오라고 한 뒤 무전을 꺼냈다.

그리고 모든 차단선 진지에게 말했다.

"아, 차단선 진지에게 알린다. 현 시간부로 적의 행동이 활발해질 예정이다. 하지만 직접적인 공격은 없을 거라 판단된다.

경계수위를 낮추고 본격적으로 휴식을 취하길 바란다. 이상."

─1진지 수신 완료.

─2진지 수신 완료.

─3진지······.

모든 진지에서 수신을 완료했다는 말을 들은 대한이 곧장 단장실로 향했다.

단장실의 문을 열자 수많은 포로들이 박희재 앞에 차렷 자세로 서 있었다.

대한이 박희재에게 물었다.

"단장님? 뭐 하고 계십니까?"

"심문."

"심문 말씀이십니까?"

"뭐라도 대답하는 놈만 자리에 앉혀 준다고 했거든. 근데 아무도 이야기를 안 하네."

"아······ 너희들 대령이 직접 물어보는데도 대답을 안 했어?"

그러자 포로로 잡힌 병사 중 하나가 억울하다는 듯 말했다.

"저희도 대답하고 싶습니다. 하지만 아무것도 몰라서 대답을 해 드릴 수가 없습니다."

"아무것도 몰라?"

"예, 진짜 모릅니다. 저흰 그냥 대략적인 차단선 위치만 전파받고 정찰 임무를 수행한 것뿐입니다."

"음, 알겠어. 저, 대대장님? 혹시 얘네 나가라고 해도 되겠습니까?"

"그러든지."

"전부 다 나가."

그러나 다들 눈치만 볼뿐 좀처럼 움직이질 못했다.

그 모습을 본 박희재가 눈살을 찌푸렸고 대한이 목소리를 높였다.

"다들 안 나가? 너희들은 계급이 우습냐?"

"아, 아닙니다!"

"다 식당으로 가. 가서 밥 달라고 해서 밥 먹고 거기서 대기하고 있어. 취사병 애들이 뭐 시키면 도와주고."

대한이 갈 곳을 확실히 정해 주자 포로들은 그제야 썰물 빠지듯 단장실을 빠져나갔다.

포로들이 나간 뒤 박희재가 대한에게 물었다.

"뭐라도 건졌나 보네?"

역시 박희재.

눈치가 빠르다.

대한이 대답했다.

"예, 그렇습니다. 얻은 정보를 바탕으로 차단선 진지들에게 무전을 쳤습니다."

"여기 있던 포로 중 하나는 아닌 것 같고…… 누구한테 들은 거야? 제대로 된 정보는 맞는 거지?"

대한은 박희재에게 최원준과 있었던 일을 설명했다.

그러자 사연을 들은 박희재가 킥킥 웃으며 말했다.

"잘했네. 자고로 겁박보다 무서운 게 인정이지. 네가 아주 고급스럽게 포로를 무력화시켰구나."

"하하, 그럴 목적은 아니었지만 어쩌다 보니 그렇게 됐습니다."

"잘했어. 그나저나 그놈도 참 일머리 없기는, 그렇게 사연 있는 병사의 휴가를 훈련 때문에 취소해서 쓰겠어? 취소하더라도 하루 이틀 정도는 그냥 보내 줘야지. 안 그래?"

"예, 탈영 안 한 게 다행이라 생각해야 할 정도입니다."

"그래도 뭐, 병장 짬 먹은 놈 휴가를 취소할 만큼 이 훈련이 중요했는가 보지."

"절실한 상황이지 않겠습니까. 근데 좀 지켜보니 그냥 짬 먹은 정도가 아닌 것 같았습니다. 박 하사가 쫓아갔는데도 계속 도망간 걸 보면 체력도 나쁘지 않고 군 생활을 잘하던 친구였던 것 같습니다."

"평가관은 이 사실을 알고 있나?"

"모릅니다. 보고할 필요도 없는 내용이라 판단해서 보고 안 했습니다."

"한 놈은 휴가자고 한 놈은 전사자니 크게 상관은 없겠지. 나중에 평가관이 뭐라고 하면 내가 시켰다고 해라. 만약에 칭찬하면 네가 했다고 하고. 알겠지?"

"예, 알겠습니다."

박희재가 웃으며 냉장고로 향했고 음료수를 하나 꺼내 대한에게 건넸다.

"안 피곤하냐?"

"예, 딱히 뭘 한 게 없어서 아무렇지도 않습니다."

"네가 안 하긴 뭘 안 해? 그래도 훈련이 얼마나 길어질지 모르는데 틈틈이 눈 좀 붙여라. 네가 쉴 땐 내가 현장통제 하마."

"제가 있는 동안은 단장님께서 단장실 나오실 일은 없으실 겁니다. 단장님은 그저 여기서 우아하게 지켜보시면 됩니다."

"하하, 군 생활 말년에 이렇게 재미를 볼 줄이야."

즐거워하는 박희재를 보며 미소를 지은 대한이 말했다.

"훈련은 오래 끌지 않을 예정입니다. 금일 새벽에 훈련 종료시키겠습니다."

"벌써 타이밍을 잡은 거야?"

"예, 세 번이나 공격을 받아 줬으면 충분하다고 생각합니다."

"그래, 세 번이면 충분하지. 내가 도울 건?"

"도와주실 건 따로 없습니다."

"누구의 도움도 필요 없는 거 아는데…… 슬슬 심심해서 그러지. 뭐라도 시켜라."

심심하다라.

그럼 심심하지 않게 만들어 줘야지.

대한이 웃으며 말했다.

"그럼 제 연락받으시면 사령관님께 보고 좀 부탁드리겠습니다."

"……응? 누구? 사령관님?"

"예, 사령관님께 승전보를 들려드려야지 제대로 훈련이 종료된 것 아니겠습니까?"

"트, 틀린 말은 아닌데…… 너 새벽에 훈련 종료 시킨다며."

"사령관님께서는 시간 상관없이 빨리 보고를 듣고 싶으실 겁니다."

"……그, 그런가?"

박희재의 심심함은 이미 사라진 지 오래였다.

최소 12시간 뒤에 벌어질 일이었지만 벌써부터 잔뜩 긴장을 하는 중이었다.

대한이 박희재를 응원했다.

"직할부대장이신데 사령관님과 친밀하게 지내야 하시지 않습니까?"

"그건 그런데…… 아니 근데 그렇게까지 친밀한 건 내가 원치 않아."

"그래도 친하게 지내셔야 다음 보직으로 좀 편한 자리에 가시지 않겠습니까?"

"다음 보직?"

"예, 곧 단장 보직 끝나시는데 멀리 떨어지시면 힘드시지 않겠습니까?"

박희재는 윗사람에게 잘 보여서 여기까지 올라온 사람이 아니었다.

온갖 풍파를 다 맞아 가며 자연스럽게 이곳까지 온 인물.

그가 장군을 달 거란 생각은 하지 않았다.

진급 시기는 물론이고 자력 또한 다른 대령들에 비해 밀리는 게 사실이었으니까.

그렇기에 굳이 요직으로 빠질 필요는 없었다.

'진급 자리는 곧 일 폭탄을 맞는 곳이니까.'

어차피 대령으로 전역할 사람인데 고생할 필요는 없지 않겠나.

박희재가 한숨을 내쉬며 답했다.

"좋은 자리 가기 위해서 잘 보이는 게 아니라 편한 자리를 가기 위해 잘 보이라고?"

"예, 그렇습니다."

"흠, 그럴 필요까지 있을까 싶다. 어차피 대충 군 생활하는 건 내 자력이 증명하는데 알아서 한직으로 보내지 않을까?"

"이전까지는 그렇게 보일 수 있겠지만 지금은 아니지 않습니까?"

"지금은 아니라니? 내가 얼마나 편하게 군 생활하는데."

"편하게 군 생활해서 특공여단이랑 보병연대 이겼다고 하면 누가 믿어 주겠습니까?"

못 믿지.

아마 대부분은 진급에 미친놈이라 생각할 것이다.

박희재가 반박을 하려다 이내 입을 다물고는 고개를 끄덕였다.

"……그건 그러네. 에휴, 내 군 생활이 언제부터 이렇게 화려해진거지."

"부하들을 이렇게 잘 키우시는데 당연한 결과 아니겠습니까."

"내가 언제 널 키웠냐? 넌 알아서 큰 놈이지. 현장 복귀하면 평가관 좀 나한테 보내라. 보고 시나리오나 좀 짜 놔야겠다."

"예, 알겠습니다."

대한은 단장실에서 나와 공사 현장으로 돌아갔다.

그리고 박병은을 단장실로 보내고는 혼자 경계를 실시했다.

'1시간에 두 번 이상은 보이네.'

차량을 통한 정찰은 물론 민간인으로 위장한 정찰도 실시하는 중이었다.

가장 먼저 실시한 침투 작전이 실패했기에 공사 현장을 통한 직접적인 침투는 하지 않았다.

대신 대한에게 압박감을 주려는 의도가 명확히 보였다.

'언제든 뛰어서 돌파할 수 있다는 건가?'

대한은 그들에 장단에 맞춰 민간인을 경계하는 척을 해 주었다.

그렇게 몇 번이나 정찰 병력들을 봤을까.

박태현의 연락이 왔다.

"어, 도착했어?"

—예, 도착했고 최 병장은 여자 친구 보러 들어갔습니다.

"둘이 이야기는 좀 했어?"

—아, 예. 쉴 틈 없이 떠들다 보니까 부산 도착했습니다. 전역도 안 남았고 동갑이라 편하게 친구 먹기로 했습니다.

과연 전역하고도 연락을 하려나?

대한이 피식 웃으며 말했다.

"전역은 얼마나 남았다는데?"

—두 달 남았답니다.

"두 달이라…… 훈련 빼기는 애매했겠네."

—휴가가 많았다면 뺄 수는 있었겠지만 이미 휴가를 좀 많이 써서 그럴 수 없었답니다.

"여자 친구 보러 많이 갔었나 보네."

—예, 군 생활 시작하자마자 아프기 시작해서 계속해서 병이 심해지기만 했답니다.

"슬픈 사연이네. 그래, 충분히 있다가 올라와. 단장님께는 보고드려 놨다."

—알겠습니다.

"참. 최 병장 체력은 어땠어?"

—체력 말씀이십니까? 음…… 저한테 잡히긴 했어도 체력은 좋았던 것 같습니다.

"EHCT 기준 말고 일반 병사들 기준으로 한번 대답해 봐."

-일반 병사라면 에이스죠. 심지어 병장이 이 체력 유지하고 있으면 무조건 인정해 줘야죠.

"다행이네."

-설마…… EHCT 팀으로 영입하시려고 합니까?

"아니, 올해 선발도 끝났잖아. 영입할 타이밍이 안 맞아."

-아, 그러네. 근데 그건 왜 물어보십니까?

"타이밍은 맞추면 되잖아."

아무리 생각을 해 봐도 최원준이 남은 군 생활을 편하게 할 것 같진 않았다.

그도 그럴 것이 124연대에 세 번째 작전에서 잡힌 포로들 중 최원준을 찾는 듯한 포로들이 있었으니까.

'최원준이 등장하지 않는 걸 보면 나한테 뭔가를 불었다는 걸 확신하겠지.'

물론 그게 패배의 결정적인 원인은 아니었다.

하지만 대령인 그가 본인의 실력이 부족하다는 걸 쉽게 인정할 것 같진 않았다.

그렇게 된다면 어디선가 이유를 찾을 텐데 최원준이 희생양이 될 가능성이 컸다.

그러니 보호해 줘야 하지 않겠는가.

'알아서 정보를 준 놈인데 내가 케어해 줘야지.'

박태현이 웃으며 답했다.

－소대장님도 최 병장이 마음에 드시나 봅니다?

"계급 생각 안 하고 들이박는 것도 그렇고 도움 주니까 바로 보답하는 것도 마음에 들지."

－안 그래도 내려오는 길에 EHCT에 대해 이야기를 좀 했는데 관심이 있어 보였습니다. 올라가는 길에 또 이야기해 보겠습니다.

"그래, 근데 친구까지 먹었는데 괜찮겠어? 족보 꼬인 팀은 내가 원치 않아."

－제가 또 공과 사는 확실하지 않습니까. 걱정 안 하셔도 됩니다.

대한이 피식 웃으며 말했다.

"그래, 알겠다. 출발할 때 연락해라."

－예, 고생하십쇼.

박태현과 전화를 끊고 몇 시간 뒤 박병은이 간식을 꺼내 먹으며 물었다.

"김 중위, 저녁은 챙겨 먹었나?"

"아, 예. 아까 차단선 진지 올라갈 때 조금 먹었습니다."

"몇 시간 하는 훈련도 아니고 며칠 하는 훈련인데 잘 챙겨 먹어야지. 까딱하다간 방전된다?"

"저도 아는데…… 배부르면 졸립니다."

"먹고 좀 쉬면 되지."

"전우들도 다 같이 고생하는데 저만 어떻게 쉬겠습니까. 훈련

빨리 끝내고 쉬겠습니다."

"캬, 요즘 보기 드문 참군인이네. 그래. 응원한다."

박병은이 대한을 신기하다는 듯 바라보는 것도 잠시.

공사 현장으로 대한의 차가 다가오기 시작했다.

박병은이 고개를 갸웃거리며 물었다.

"저거 네 차 아니냐?"

"예, 맞습니다."

"뭐야, 누가 타고 있는 거야?"

박태현이 창문으로 손을 흔들자 박병은이 물었다.

"박 하사 아니야?"

"예, 맞습니다."

"어쩐지 안 보이더라니…… 어디 갔다 왔나 보네?"

"예, 잠시 어디 좀 다녀온다고 해서 차 빌려줬습니다."

그러자 박병은은 미간을 찌푸린 채 대한을 불렀다.

"김 중위, 혹시 훈련이랑 관계없는 행동이야?"

태도가 갑자기 변했네.

뭔가 눈치를 챈 건가?

그래도 어쩔 수 없다.

이미 저질렀는데 어쩌겠나.

혼나야 한다면 당당하게 혼나면 된다.

대한이 고개를 끄덕이며 답했다.

"예, 뭐. 훈련이랑은 사실 관계가 없습니다."

그러자 박병은이 다행이라는 듯 말했다.

"다행이네. 훈련된 거면 미리 말해. 마음의 준비라도 좀 하게."

아?

그런 거였어?

그 말에 대한도 얼른 대답했다.

"예, 알겠습니다."

안심한 박병은이 다시 눈을 붙였고 이내 박태현이 대한의 앞에 도착했다.

대한이 조수석에 앉은 최원준에게 물었다.

"좀 괜찮대?"

최원준이 씁쓸하게 웃으며 말했다.

"아뇨. 더 심해진 것 같습니다."

"……그래?"

최원준의 대답에 문득 엄마 생각이 났다.

아픈 엄마를 보러 병원에 다녔을 때 나도 저런 표정이었겠지.

대한이 조용히 고개를 끄덕이며 말했다.

"가서 쉬고 있어. 훈련 빨리 끝내 줄게."

"예, 감사합니다. 그럼 고생하십쇼."

얼마 뒤, 박태현이 최원준을 데려다주고 복귀하자 대한이 물었다.

"안 피곤하냐?"

"예, 그래도 차 타고 다녀온 거라 괜찮습니다."

"그래? 그럼 정찰 좀 다녀와라."

"예?"

"왜, 내가 갈까?"

"아니 보통 이럴 땐 고생했으니 쉬라고 하지 않습니까?"

"우리가 보통이 아니잖아."

"소대장님은 진짜……."

"진짜 뭐?"

"진짜 사나이라고 말하려 했습니다."

"이왕 쉬는 거 빨리 끝내고 쉬는 게 좋잖아. 너도 휴가 반납해 가면서 나왔는데."

"그건 맞습니다. 그래서, 제가 뭘 알아오면 됩니까?"

"가서 뭘 중점으로 보면 되냐면……."

대한의 설명에 박태현이 얼마간 고개를 끄덕이더니 이내 주먹을 쥐어 보이며 말했다.

"맡겨 주십쇼."

"그래, 네 정찰 능력에 따라서 이번 훈련의 엔딩 시간이 바뀐다."

바로 튀어 가는 박태현.

그 뒷모습을 보는 대한이 웃는다.

✻

그로부터 몇 시간 뒤.

대한은 시간을 확인하더니 정찰 후 휴식하고 있는 박태현에게 말했다.

"슬슬 가자."

"예, 알겠습니다."

두 사람이 차에 오르자 뒤에 있던 박병은이 물었다.

"김 중위 어디 가나?"

"슬슬 훈련을 끝내 볼까 합니다."

"훈련을 끝내다니?"

"자세한 내용은 말씀드릴 수 없습니다만 평가관님께서는 차량에서 대기하시다가 유선으로 연락드리면 그때 124연대로 출발해 주시면 됩니다."

"아니 그래 주면 나야 땡큐인데…… 진짜 훈련을 끝낼 수 있다고?"

"죄송합니다. 자세한 내용은 말씀드릴 수 없습니다."

"에휴, 알겠다."

박병은은 더 이상 토 달지 않기로 했다.

어쨌든 이번엔 대기하다 연락받고 움직이면 된다고 했으니까.

대한이 그대로 차를 출발시켰고 박태현이 알려 준 장소에 차를 정차했다.

124연대와는 많이 떨어진 곳.

걸어서 접근하기는 시간이 좀 걸리는 거리였지만 차를 숨기려면 이 정도가 적당했다.

대한이 미리 준비한 흑복으로 환복한 후 차에서 내리며 말했다.

"바로 안내해."

"예, 알겠습니다."

대한의 명령에 박태현이 날다람쥐처럼 움직이기 시작한다.

물론 대한도 바짝 따라붙었다.

대한은 박병은과는 달리 체력이 짱짱하니까.

그렇게 도로를 따라 움직이고 산을 넘길 한참, 슬슬 울타리하나가 보이기 시작했다.

124연대의 울타리였다.

대한이 숨을 고르며 물었다.

"확실하지? 울타리에 빈틈 있는 거."

"제 눈으로 똑똑히 봤습니다. 곰 한 마리가 앞구르기 하며 지나가도 될 만큼 망가진 울타리가 하나 있었습니다."

몇 시간 전에 박태현이 정찰을 다녀와서 얻어 낸 정보.

그것은 생각보다 큰 건이었다.

바로 124연대 울타리에 빈틈이 있다는 것이었는데 대한은 그 울타리에 승부수를 띄우기로 한 것.

그래서 훈련을 종료시킬 수 있다고 박병은에게 큰소리를 친 것이다.

대한이 재차 물었다.

"네가 하도 큰소리 쳐서 오긴 했는데 훈련 중에 그렇게 크게 망가진 울타리가 있는 게 상식적으로 좀 이상하지 않냐?"

"결국 사람이 준비하는 것이지 않습니까."

"그래, 그렇긴 하다만……."

함정의 가능성도 배제할 순 없다.

그래서 둘이서만 온 것이다.

여차 하면 내뺄 생각이었으니까.

그렇게 얼마 뒤, 박태현은 자신이 봐둔 울타리를 발견하고는 자랑스럽게 말했다.

"여깁니다!"

박태현이 가리킨 울타리.

그걸 본 대한의 눈이 커졌다.

그도 그럴 게 박태현의 말마따나 정말 곰 한 마리는 지나갈 수 있을 정도로 울타리가 크게 망가져 있었으니까.

"……진짜네?"

"제가 언제 거짓말하는 거 보셨습니까."

"그렇긴 한데…… 야, 근데 막상 보니까 진짜 수상하긴 하다. 이거 함정 아냐?"

"쫄리면 여기서 그만하시면 됩니다."

"쫄려?"

하, 나.

어이가 없네.

그럼 더더욱 못 빼지.

못 먹어도 고다.

대한이 말했다.

"성공하면 영웅이고 실패하면 포로다. 바로 간다."

"역시 소대장님이십니다."

두 사람은 바로 울타리를 넘기 시작했다.

울타리를 넘으며 박태현이 말했다.

"근데 이 정도면 진짜 곰이라도 지나가지 않았겠습니까?"

"……우리나라에 곰이 없는 건 아니지만 있어도 대부분 지리산에 있지 않냐?"

"흠, 그럼 뭐지."

그렇게 이동하길 얼마간.

그때였다.

우지끈!

무언가 부서지는 소리.

낯선 소리에 대한은 바로 손을 들어 박태현과 함께 침묵했다.

그런 다음 서로 눈빛으로 신호를 주고받으며 몸을 낮췄다.

그렇게 침묵 속에 대기하길 한참.

저쪽에서 아무런 반응이 없자 대한이 조용히 말했다.

"······아닌가?"

"뭔가 느낌이 아닌 것 같습니다."

"그치? 나도 느낌이 그래."

뭔가 사람은 아닐 것 같은 그런 촉.

그도 그럴 게 이 야밤에 굳이 수풀이 우거진 곳으로 다닐 사람은 없을 것 같았으니까.

대한이 상체를 세우며 말했다.

"만약 이 시간에 울타리 정찰을 하는 부대라면 우리가 승리할 수 없는 부대라고 생각해야지. 안 그러냐?"

"절대 못 이깁니다. 진짜 전시에도 하기 힘든 일을 하는데 어떻게 이깁니까."

그래.

그게 맞지.

대한이 그리 생각하며 다시 걸음을 떼려던 그때였다.

우지끈!

조금 전보다 더 커진 소리.

그런데 사이즈를 보니 더더욱 사람이 아닐 거라는 확신이 들었다.

"짐승 맞네."

"청설모 그런 거 아니겠습니까. 워이! 저리 가! 안 그럼 구워

먹는다?"

　박태현이 손을 내저으며 쫓아내길 한참.

　풀숲이 들썩였다.

　대한은 눈을 좁혔다.

　어두운 새벽.

　눈은 어둠에 익숙해졌고 대한은 생각보다 눈이 좋은 편이었
다.

　그래서일까?

　대한이 내젓는 박태현의 손목을 잡으며 말했다.

　"야."

　"예?"

　"……너 나무 탈 줄 아냐?"

　"왜 그러십니까?"

　"장님이냐? 자세히 봐라."

　박태현이 눈살을 좁힌다.

　그러더니 고개를 갸웃하며 말했다.

　"……곰?"

　"여기 경상도다."

　"그럼……."

　그 순간.

　"꾸엑!"

　수풀 속에서 멧돼지가 튀어나왔다.

동시에 대한이 외쳤다.

"뛰어!!"

"으아아아!!"

돌발 상황이었다.

청설모가 아니라 멧돼지라니.

두 사람은 너 나 할 것 없이 바로 나무를 타기 시작했다.

다행히 박태현은 나무를 탈 줄 알았다.

두 사람은 간발의 차이로 화를 피할 수 있었는데 자신들을 올려다보는 멧돼지를 보며 박태현이 입을 벌리며 말했다.

"소, 소대장님…… 멧돼지가 경차만 합니다."

"와……."

심지어 수컷이다.

그 증거로 팔뚝만 한 어금니가 주둥이에 달려 있었으니까.

흥분한 멧돼지는 계속 나무 밑을 서성거렸는데 그 모습을 지켜보던 대한이 물었다.

"휴대폰 안 터지지?"

"어…… 예, 안 터집니다."

"하…… 그럼 일단 좀 기다려 보자."

하물며 산속이라 전파도 안 터진다.

답답했다.

이건 계획에 없던 일이었으니까.

그렇게 머리를 굴리길 얼마간, 흥분한 멧돼지가 나무에 몸을 비비기 시작했다.

그걸 본 박태현이 겁에 질린 목소리로 말했다.

"……설마 나무를 쓰러뜨린다거나 하진 않겠죠?"

"에이 설마."

"근데 좀처럼 갈 생각을 안 하는데…… 공포탄이라도 쏩니까?"

"그냥 우리가 여기 있다고 광고를 하지 그러냐."

"이대로 가다간 저희가 먼저 죽겠습니다."

그렇긴 했다.

어쨌든 결단을 내리긴 해야 할 터.

그때 대한에게 좋은 생각이 났다.

"너 뭐 먹을 거 있냐?"

"제가 병사입니까? 그건 병사 때도 안 하던 짓이었습니다."

"죽을래? 내가 먹으려고 물었겠냐? 멧돼지한테 미끼로 쓰려는 거지?"

"아하?"

그제야 과자와 소시지를 꺼내는 박태현.

그 모습을 본 대한이 황당함에 말했다.

"병사 때도 안 하던 짓이라며?"

"이제는 간부이지 않습니까. 근데 이걸로 반응이나 하겠습니까?"

"그래도 빅팜인데 반응하지 않을까?"

"흠, 사실 빅팜이면 뭐⋯⋯."

"일단 해 보자. 적당히 거리 두고 던져."

"알겠습니다."

박태현이 소시지를 뜯어 멀리 던졌다.

하지만 멧돼지는 아무런 반응도 하지 않은 채 나무에 몸을 비빌 뿐이었다.

그걸 본 대한이 미간을 좁혔다.

"아니 그냥 던지면 어떡해? 소리라도 내면서 던져야지. 어그로 끌 줄 모르냐?"

"아하?"

"아하는 무슨⋯⋯! 소리 내면서 던져. 그전에 과자부터 뿌리고. 그러다 어그로 끌리면 바로 뛴다."

"알겠습니다."

대한은 과자 봉지를 뜯어 멧돼지 위에 뿌렸다.

그러자 냄새를 맡은 멧돼지가 과자를 먹기 시작했고 대한이 턱짓하며 말했다.

"하나둘셋 하면 던져. 조준 잘해라."

"저만 믿으십쇼."

"좋아. 하나⋯⋯ 둘⋯⋯ 셋⋯⋯!"

"이얍!"

큰소리와 함께 멧돼지에게 빅팜을 던졌다.

그러자 거짓말처럼 멧돼지의 고개가 돌아갔고 두 사람은 얼른 나무에서 내려와 내달리기 시작했다.

"꾸익?"

멧돼지가 그런 두 사람을 잠시 쳐다보더니 이내 고개를 돌리고 빅팜을 뜯어먹기 시작했다.

작전 성공이었다.

멧돼지로부터 도주하는 데 성공한 두 사람은 한참이나 뛴 후에야 숨을 돌릴 수 있었다.

"하아…… 하아…… 죽는 줄 알았습니다."

"그러니까…… 하, 훈련하다 이런 경우는 또 처음이네."

"가서 썰 풀어도 아무도 안 믿을 것 같습니다."

"남는 건 작전뿐이다. 일단 작전부터 끝내자."

"예, 알겠습니다."

이후엔 일사천리였다.

거대한 주둔지에서 연대 본부를 찾는 건 그리 어렵지 않은 일이었으니까.

근데 작은 문제가 하나 생겼다.

'몸을 숨길 만한 곳이 보이질 않네.'

산을 통해 접근할 수도 있겠지만 산에는 이미 주인이 있었다.

아까는 빅팜이라도 있었지 이젠 아무것도 없다.

대한이 생각을 마치고 박태현에게 물었다.

"태현아, 두 가지 선택지를 줄게."

"뭡니까?"

"하나는 연대 본부까지 전력질주하는 거. 다른 하나는 포복으로 접근하는 거."

"……당연히 전력질주죠."

대한도 박태현이 그걸 선택하길 바랐다.

주둔지 내에도 경계 병력을 빼 두었다면 천천히 가든 빨리 가든 걸릴 것이 분명할 테니까.

"태현아."

"예, 소대장님."

"뛰자."

"진심이십니까?"

"이렇게 걸리나 저렇게 걸리나 똑같다. 여기서 못 뚫으면 우리 또 멧돼지랑 미팅해야 해."

"바로 뜁니다."

"가자. 출발!"

멧돼지와의 재회는 죽기보다 싫었다.

그래서 두 사람은 달렸다.

동시에 어깨에 메고 있던 총을 손에 쥐며 개머리판을 폈다.

박태현도 마찬가지였다.

다행히 두 사람은 들키지 않고 본부 외벽에 바짝 붙을 수 있었고 두 사람은 천천히 외벽을 따라 이동을 시작했다.

목적지는 1층 불이 켜진 곳.

지휘 통제실이 1층에 있다는 사실은 최원준을 통해 이미 파악한 상황. 그리고 이 야간에 불이 켜져 있을 만한 곳은 지휘 통제실뿐이었다.

잠시 후, 지휘 통제실 창문 바로 밑에 도착한 두 사람은 외벽에 몸을 밀착한 채 청각에 집중했다.

대한이 박태현에게 조용히 물었다.

"무슨 소리 들리냐?"

"아뇨, 조용합니다. 철창 뜯습니까?"

"이걸 어떻게 뜯어?"

"아, 아닙니까?"

"당연히 아니지."

가벼운 농담에 웃기도 잠시, 두 사람은 이내 내부에서 들려오는 소리에 바로 정색했다.

"……맞는 것 같지?"

"예, 맞는 것 같습니다."

내부에서 들려오는 소리.

그 소리는 다름 아닌 연대장의 목소리였다.

물론 두 사람 다 연대장 목소리는 모른다.

하지만 그럼에도 연대장이 안에 있다고 확신한 건 안에서 작전 관련 보고가 시작되었기 때문이다.

현재 시각은 03시.

침투조 투입을 위한 마지막 점검을 하는 모양.

보고 내용을 들어 보니 이번 침투를 무조건 성공시키기 위해 병력을 모조리 투입시킨다고 했다.

'남은 병력이라면 대략 80명 정도 될 텐데?'

그 많은 인원을 동시에 투입한다고?

3번의 실패로 인해 조급하긴 한 모양이었다.

하긴.

그렇게 이겨서 뭐 자랑이라도 할 수 있겠나.

대한이 미소를 지으며 건물 외벽에서 살짝 떨어졌다.

그리고 박태현에게 말했다.

"아무래도 우리가 타이밍을 잘 잡은 것 같다."

"그런 것 같습니다. 이제 어쩌실 겁니까?"

"뭘 어째. 창문 깨야지. 태현아, 창문 깨."

"예?"

"한 번에 깨야 멋진 거 알지?"

"지, 진짜 깹니까?"

"그럼 가짜로 깨냐?"

박태현은 대한의 진지한 대답에 조용히 한숨을 쉬고는 총을 꽉 쥐었다.

"물어주는 건 소대장님이 물어 주십쇼."

"당연하지."

대한의 대답과 동시에 박태현이 양손으로 총구를 잡은 채 창문을 향해 몽둥이 휘두르듯 총을 휘둘렀다.

그러자 이내 굉음과 함께 창문이 와장창 깨졌고, 지휘 통제실에서 회의하던 인원들이 화들짝 놀라 자리에서 일어나며 말했다.

"무, 뭐야!"

"누구야?!"

"야, 밖에! 얼른 확인해 봐!"

대한은 124연대의 간부들이 지휘 통제실을 뛰쳐나가지 않은 것에 미소를 지었다.

그리고 챙겨 온 훈련용 수류탄에 안전핀을 뽑아 지휘 통제실로 던져 넣었다.

퍼엉! 퍼엉!

챙겨 온 두 개의 훈련용 수류탄이 모조리 터진 것을 확인하고는 대한이 깨진 창문으로 다가가 말했다.

"다들 동작 그만. 전부 제자리에 대기하시기 바랍니다."

그러자 124연대장, 이민수 대령이 대한을 향해 잔뜩 화난 목소리로 말했다.

"너 뭐야! 지금 이게 뭐 하는 짓이야!"

"훈련 끝내는 중입니다."

"뭐? 뭘 끝내? 너 뭐야?!"

대한은 대답 대신 자리를 뜨며 막사 내부로 들어갔다.

그리고 난장판이 된 지휘 통제실에 들어가며 경례했다.

"충성! 공병단 인사과장 김대한 중위입니다."

이민수가 미간을 찌푸린 채 물었다.

"뭐? 공병단?"

"예, 지금 적군으로 분류되어 있는 그 공병단입니다."

"근데 네가 여길 왜 와?"

"훈련 끝내러 왔다고 말씀드렸잖습니까. 일단 주요 직위자는 모두 전사하셨고 녹색 견장 차신 분들은 중대장님들 맞으시죠? 여기 계신 분들 모두 어디로 무전 칠 생각은 하지 말아 주십쇼."

이민수는 대한의 말에 어이없다는 듯 대한에게 다가갔다.

"어이, 김대한 중위. 지금 장난치나? 창문은 어떻게 할 거고 방금 던진 건 또 뭐야?"

"연대장님도 전사하셨습니다. 훈련 종료되면 살려 드릴 테니 그때 다 말씀드리겠습니다."

대한은 이민수의 시선을 무시한 채 휴대폰을 꺼냈다.

그리고 박희재와 박병은에게 연락했다.

박병은은 대한의 전화만 기다리고 있었기에 연락을 받자마자 바로 출발했고 박희재는 차단선을 철수시키고 김현식에게 따로 보고한 뒤 출발한다고 했다.

대한이 휴대폰을 집어넣으며 의자 하나를 꺼내 앉으며 말했다.

"일단 앉으시죠. 곧 평가관님 오실 겁니다."

어이가 없었다.

하지만 무어라 할 수가 없었다.

어쨌든 대한의 공격에 전사했다는 건 부정할 수 없는 사실이었으니까.

이민수가 한숨을 내쉬며 자리에 앉으며 물었다.

"훈련용 수류탄을 던진 거냐?"

"훈련 종료되면 그때 다 말씀드리겠습니다."

"하…… 이미 주요 직위자 전원 사망인데 여기서 뭘 더 하나?"

그건 또 그렇지.

대한이 그제야 미소를 지으며 말했다.

"훈련용 수류탄 맞습니다."

"나 참 어이가 없어 가지고……."

미간을 좁히던 이민수가 간부 하나를 시켜 커피를 내 오도록 했다.

대한의 앞에 커피 한 잔이 놓였고 대한이 커피를 홀짝이고는 인상을 쓰며 물었다.

"크…… 커피가 많이 씁니다. 혹시 사약입니까?"

그 물음에 커피를 가져다 준 소령이 덤덤하게 말했다.

"그래도 침은 안 뱉었다."

크크.

그래.

이 정도면 양호하지.

커피로 안 때린 게 어디야.

사실 대한은 지휘 통제실에 들어설 때 몸싸움도 각오하고 있었다.

그도 그럴 것이 이민수가 이 훈련에 얼마나 진심이었는지 알고 있었으니까.

"죄송하지만 이거 한 잔만 더 부탁드려도 되겠습니까?"

소령이 고개를 끄덕이고는 지휘 통제실을 벗어났다.

그 사이 대한이 이민수에게 말했다.

"저희 단장님 후배라고 들었습니다."

"……안 좋은 기억이다."

"단장님께서 많이 미안해하고 계십니다. 곧 이쪽으로 오실 겁니다."

"하…… 그래."

이민수가 연거푸 한숨을 내쉬자 지휘 통제실에 있던 간부들이 고개를 푹 숙였다.

이민수의 사연을 알아서 저러는 것일까?

아니면 단순히 훈련에 패배해서 저러는 걸까.

뭐가 됐든 분위기는 별로 좋지 않다.

하지만 대한은 기분이 좋았다.

어쨌든 이겼으니까.

대한이 그들을 흐뭇하게 바라봤다.

소령이 커피 한 잔을 더 타 대한의 앞에 내려놓았다.

그러기를 잠시 박병은이 헐레벌떡 지휘 통제실로 들어오며 말했다.

"김 중위! 네가 왜 여기에 있어?!"

"제가 훈련 끝내러 간다고 했잖습니까."

"지휘 통제실은 왜 이 모양이야? 전쟁 났어?"

"작은 전투가 벌어지긴 했습니다."

대한이 소령이 타 준 커피를 박병은에게 건네며 말했다.

"일단 이거 드시면서 진정 좀 하십쇼."

"하…… 내가 너 때문에 진정이 안 된다. 진정이."

박병은이 한숨을 내쉬며 커피를 입으로 가져갔다.

그리고 커피가 입으로 들어감과 동시에 커피를 뿜어내며 말했다.

"크윽……! 뭐야, 이거?"

"사약 아닙니다. 그냥 124연대식 커피입니다."

박병은이 이민수를 보며 말했다.

"이 대령, 나는 적이 아니야."

"오발 사고라고 생각해 주시죠. 평가관님한테 갈 커피라고는 생각도 못 했습니다."

이민수의 말에 침울해 있던 간부들이 웃음을 터트렸다.

그러자 박병은이 피식 웃으며 말했다.

"다들 기분이 너무 안 좋아 보이길래 걱정했더니…… 그래, 그렇게 웃으면서 군 생활해야지. 안 그래?"

"예, 그렇죠. 그래도 오래 준비한 훈련이 이렇게 끝난 건 참 아쉽습니다."

"자네들도 잘했어. 특이한 놈이랑 붙었으니 어쩔 수 없었던 거지."

대한이 어이없다는 듯 말했다.

"이 상황에선 특이한 놈보단 잘하는 놈이 더 어울리는 말 아닙니까?"

"잘하는 건 잘 모르겠다. 그냥 특이해."

고생을 너무 시켰나.

어째 칭찬을 안 하네.

대한이 피식 웃으며 이번 침투에 관해 설명을 시작했다.

멀리 차를 세워 둔 채 산속으로 접근한 것부터 멧돼지를 만난 것과 창문을 깨고 훈련용 수류탄을 던진 것까지.

메모를 하던 박병은이 황당하다는 표정으로 말했다.

"멧돼지를 만났다고?"

"예, 울타리도 멧돼지가 뜯은 것 같았습니다."

"하 참……."

이걸 믿어야 할까?

이따 검증해보면 알게 되겠지.

박병은이 고개를 저으며 말했다.

"좋아, 멧돼지는 그렇다 치고 창문은? 너 저건 어떻게 하려고 그런 거냐? 아무리 실전과 같이 훈련을 한다지만 진짜로 깰 필요까진 없지 않았냐?"

"저희 단장님께서 물어 주실 겁니다."

"아, 허락 받은 거야?"

"이제 받아야 합니다."

"……응?"

"단장님께서 항상 선 조치 후 보고 하라고 하셔서 괜찮습니다."

"아, 그러셨구나……."

그때, 지휘 통제실로 박희재가 여진수와 정우진, 이영훈을 데리고 들어왔다.

이민수가 박희재를 보며 반쯤 일어나다 멈췄다.

반가움과 원망이 동시에 드는 것이겠지.

박희재가 진지한 얼굴로 그에게 다가갔다.

"……오랜만이다, 민수야."

"……예, 선배님."

박희재가 그의 전투복에 먼지를 털어 주며 말했다.

"연대장 전투복이 이렇게 더러워서 쓰나. 부하들이 안 챙겨 줘?"

"제 몸에 손 댄 사람은 선배님 말고는 없었습니다."

"그래?"

박희재가 피식 웃으며 그의 등을 두드려 주며 말했다.

"미안하단 말로 과거를 씻을 생각은 없다. 대신 이제 네 몸에 손댈 때는 이렇게만 댈 거라고 약속하마.”

박희재는 이민수와의 만남에 있어 고민을 많이 한 것 같았다.

과거가 워낙 좋지 않은 두 사람이었기에 대한 또한 둘의 만남이 걱정이었다.

이민수가 다른 사람들 보는 앞에서 달려들 수도 있다고 생각했으니까.

하지만 이민수는 양반이었다.

공과 사는 확실히 구분을 짓고 있었고 박희재의 말에 피식 웃으며 말했다.

“제가 선배님 때문에 얼마나 힘들었는지 아십니까?”

“어림잡아 짐작은 가지. 미안했다.”

“그래서 많이 준비했는데 부하를 잘 두셨습니다.”

“후배를 잘 둔 거지. 너처럼.”

이민수가 대한을 바라보며 말했다.

“저 친구도 저희 학군단 출신입니까?”

“아니, 학교는 다르고 출신만 같다.”

“그럼 제가 직속이니 저 먼저 챙겨 주셔야 합니다.”

“하하, 알겠다.”

쉽지 않은 화해라 예상되었건만 생각보다 분위기가 유하게 흘러갔다.

이민수가 본인의 자리를 빼 박희재에게 건네고는 옆자리에 앉았다.

박희재가 상석에 앉으며 간부들에게 말했다.

"반갑다. 대충 누군지는 알겠지만 내 소개를 하자면 여러분들의 목표였던 공병단장이다."

"……."

침묵하는 연대 간부들.

그 반응에 박희재가 피식 웃으며 말을 이었다.

"여러분들의 침투 시도에 많이 놀랐다. 마치 침투를 전문적으로 한 부대에서 근무를 했던 사람만 모은 것 같았어."

거짓말하네.

그냥 단장실에 앉아서 포로들이랑 놀았으면서.

박희재의 말에 대한은 물론 공병단의 간부들이 웃음을 참았다.

반면 124연대 간부들은 뭔가 찔리는 듯 조용히 책상만 바라볼 뿐이었다.

'뭐야, 진짜야?'

대한이 이민수의 표정을 보니 맞는 것 같았다.

'와, 엄청 많이 준비한 모양이었네.'

이민수는 정말로 침투 작전이나 훈련을 했던 간부들만 끌어모았다.

그만큼 이번 침투에 진심이었으니까.

분위기를 읽은 박희재 또한 당황하며 이민수에게 물었다.

"……진짜야?"

"예, 뭐. 어쩌다 보니 그렇게 됐습니다."

"이야……."

박희재가 감탄하던 것도 잠시.

연대 간부 중 하나가 손을 들었다.

"단장님, 질문 있습니다."

"어, 해라."

"예, 연대 정작과장입니다. 다름이 아니라 이번 훈련에 있어서 공병단이 저희 쪽에 침투를 하는 건 없던 내용 아닙니까?"

"그래서?"

"그래서라 하시면……."

연대 정작과장은 박희재의 대답에 당황한 듯 말을 얼버무렸다.

그러자 이민수가 대신 답했다.

"승패를 받아들이긴 하겠으나 공병단의 무리수가 아닌가 하는 생각입니다."

"그렇게 생각할 수도 있겠네. 그럼 내가 한번 물어보지. 적의 공격을 가장 확실하게 막을 수 있는 방법이 뭔가?"

박희재의 질문에 선뜻 누구 하나 답변하는 사람이 없었다.

박희재가 웃으며 대한에게 물었다.

"뭐냐, 대한아."

"적을 없애는 것이 공격을 막는 가장 확실한 방법입니다."

"그래, 적이 없으면 공격받을 일도 없겠지. 최선의 방어는 공격이다 이 말이야. 이에 따라 우린 최선의 방어를 했을 뿐이다."

할 말이 없어진 연대 정작과장이 고개를 끄덕인다.

다른 간부들도 마찬가지.

박희재가 말을 이었다.

"아군끼리 한 훈련이다. 이번 기회에 배웠으면 된 거야. 우리는 한 번의 경험을 통해 발전을 한 상황이었으니 이렇게 할 수 있었던 것이고. 너희들도 다음 훈련에서는 꼭 승리를 할 수 있을 거다."

박희재가 124연대의 간부들을 가볍게 위로한 뒤 시간을 확인했다.

"그럼 이제 그만 슬슬 준비해야겠네. 연대장, 화상회의 좀 준비해 줘라."

"화상회의 말씀이십니까? 이 시간에?"

"어, 사령관님께서 대기 중이시다."

"……예?"

박희재의 말에 대한은 물론 전 간부들이 동그래진 눈으로 박희재를 쳐다본다.

그러나 박희재는 진심이었다.

Chapter 2

정말이었다.

박희재가 말했다.

"어, 훈련 끝났다고 보고드리니까 마침 작전사에 계신다고 화상회의로 직접 얼굴 보시겠다더라."

이민수가 지휘 통제실에 걸려 있는 시계와 박희재를 번갈아 보고는 물었다.

"아니, 선배님. 사령관님께 이 시간에 연락드리신 겁니까?"

"나도 안 하고 싶었다."

"선배님이 안 하고 싶으셨다면 누가 시켰단 겁니까?"

"김 중위가 보고하라던데?"

이민수가 고개를 돌려 대한을 바라봤다.

대한이 어색하게 웃으며 말했다.

"훈련의 결과를 제일 기다리고 계실 분이라…… 저도 이렇게 화상회의까지 하게 될 줄은 몰랐습니다."

"하, 도대체 넌 뭐 하는 놈이냐…… 일단 빨리 준비하겠습니다."

이민수가 자리에서 일어나 화상회의 준비를 지시했다.

대한이 박희재에게 물었다.

"사령관님께서 화상회의 준비하란 말 말고는 다른 말 없으셨습니까?"

"어, 화상회의 때 직접 들으시겠대. 아, 그리고 지루했는데 잘됐다고 그러시더라. 연락 잘했다고 칭찬받았다."

그래.

그 양반은 그런 양반이었지.

대한이 가슴을 쓸어내리자 두 사람의 대화가 끝나길 기다린 박병은이 물었다.

"저, 단장님."

"어, 평가관."

"창문은 어떻게 하실 겁니까?"

"창문?"

"예, 김 중위가 선 조치 후 보고 하면 된다고 그러던데……."

박희재가 깨진 창문을 멍하니 보며 말했다.

"……원래 깨져 있던 게 아니라 대한이가 깬 거야?"

"예, 저걸 깨고 훈련용 수류탄을 집어던졌습니다."

"후, 훈련용 수류탄까지……?"

"예…… 그렇습니다. 그래서 말인데 아무래도 물어 주셔야 할 것……."

박희재가 천천히 고개를 돌려 대한을 바라봤다.

대한은 사약 같은 커피를 들이켜며 모르쇠로 일관했다.

박희재가 어색하게 웃으며 말했다.

"하…… 그래, 이런 건 단장이 다 해결하는 거지. 안 그러냐, 대한아?"

그제야 대한은 커피 마시는 척을 그만하고는 웃으며 답했다.

"예, 역시 단장님이십니다."

대한의 해맑음에 박희재가 조용히 한숨을 내쉬었다.

잠시 후, 화상회의 준비가 완료되자 박희재가 김현식에게 연락했고 이내 김현식이 화상회의에 연결되었다.

박희재는 김현식의 얼굴이 보이자 바로 경례하며 말했다.

"충성! 공병단장입니다."

─반가운 얼굴이네. 연대장 얼굴도 좀 보자.

김현식의 말에 이민수가 서둘러 자리에서 일어나 박희재의 뒤에 섰다.

"충성! 124연대장입니다!"

─별로 속 쓰린 얼굴이 아니네?

"괜찮아 보이도록 최대한 노력 중입니다."

―하하, 속 쓰려 하지 말게. 결론적으로 우리에게 강한 아군이 있다는 걸 확인한 것 아니겠나.

"예, 그렇게 생각하겠습니다."

―그래, 그럼 어떻게 훈련을 마무리했는지 한번 들어 볼까?

그러자 박희재가 자리에서 일어나 대한에게 말했다.

"이제 네가 여기 앉아라."

이 양반은 매번 사전에 이야기도 없이 이러네.

124연대의 간부들이 대한에게 시선을 집중했다.

대한은 그들의 시선을 애써 무시한 채 상석에 위치했다.

"충성!"

―잘 지내고 있었냐?

"예, 사령관님이 신경 써 주신 덕분에 즐겁게 군 생활하는 중이었습니다."

―그래, 얼굴 좋아 보이네. 내가 육본에 있을 때 널 위해서 온갖 힘 다 쓰고 왔다는 거 잘 기억해 둬라. 알겠어?

아니, 이 양반아.

그게 간부들 이렇게 많은 자리에서 할 소리야?

그리고 언제 온갖 힘을 다 썼어?

누가 들으면 오해하기 딱 좋은 말만 골라서 하네.

아니나 다를까 간부들이 놀란 눈으로 대한을 바라봤다.

대한에게 대장 뒷배가 있다는 것을 확신하는 눈빛이었다.

그래서일까.

지금 그들에게는 어떤 말을 해도 김현식과의 사이를 해명할 수 없다는 것을 확신했다.

대한이 어색하게 웃으며 말했다.

"하하…… 기억하는 건 물론 육군 수첩 맨 앞에 적어 놓고 매일 감사하게 생각하겠습니다."

─그거 참 좋은 방법이구나. 그래, 그럼 이제 어떻게 훈련을 끝냈는지 한번 들어 볼까?

대한은 그제야 마지막 침투에 관련 설명을 늘어놓기 시작했다.

앞서 이민수나 박병은에게 말한 것과 별로 다른 건 없었다.

그렇기에 반응은 뜨거웠다.

─……멧돼지?

"예, 그렇습니다."

사실상 이번 훈련의 하이라이트였다.

멧돼지가 아니었다면 그런 빈틈은 찾지도 못했을 거니까.

그렇기에 간부들 모두 눈이 커졌다.

아까 얼핏 듣긴 했지만 상황이 상황인지라 제대로 캐물을 수 없었으니까.

"크기가 최소 경차만 한 멧돼지가 있는데 그 녀석이 울타리를 뜯어 놔서 수월히 들어올 수 있었습니다."

─허 참 나…… 그걸 지금 나더러 믿으라고?

"증인도 있습니다."

대한의 말에 박태현이 쭈뼛거리며 대한의 옆으로 이동했다.

그리곤 조금 전에 봤던 멧돼지에 대해 설명을 하기 시작했다.

"망가진 울타리를 통과해 연대 본부로 접근 중이던 그때 어금니가 제 다리만 한 멧돼지를 만났습니다. 그래서 김 중위와 함께 나무 위로 올라가 멧돼지가 떠나기를 기다렸고 멧돼지가 한눈을 판 사이 자리를 떠서 위기를 모면할 수 있었습니다."

대한은 박태현의 설명에 미간을 찌푸렸다.

'어금니가 언제 다리만 했어?'

과장은 이렇게 시작되는 건가.

김현식이 인상을 쓰며 말했다.

─그 정도 크기면 전방에서만 봤던 놈들인데 영천에도 그런 놈이 있다는 말인가?

이민수가 놀라며 대한에게 물었다.

"울타리를 뛰어넘은 게 아니라 그냥 망가져 있었다고?"

"예, 두 사람이 동시에 통과해도 편하게 통과할 정도로 크게 망가져 있었습니다. 멧돼지 덩치를 보니 울타리가 그 정도로 망가져 있던 게 바로 이해가 되었습니다."

이민수의 표정이 점점 심각해졌고 이는 김현식도 마찬가지였다.

─그 정도 사이즈면 부대 병력들이 위험하겠구만.

"예, 그래서 반드시 말씀드려야 한다고 생각했습니다."

김현식이 고개를 끄덕이더니 이내 시선을 박태현에게 옮기며 말했다.

─그건 조치를 취하면 될 문제고…… 그나저나 박 하사면 EHCT 예비팀장 인원 아닌가?

"아, 예. 그렇습니다."

─하하, EHCT가 훈련을 끝낸 꼴이 됐구만.

뒤늦게 박태현을 알아본 김현식이 흐뭇하게 웃는다.

김현식이 이어 박태현에게 물었다.

─멧돼지는 어떻게 유인했나. 워낙 포악한 놈이라 유인이 쉽지는 않았을 텐데.

"제가 가지고 있던 소시지를 던져 주니 그쪽으로 이동했습니다."

─소시지?

"예, 병사 시절부터 비상식량으로 들고 다니던 것인데 비상 탈출용으로 요긴하게 쓰였습니다."

설명을 들은 김현식이 웃음을 터트리자 지휘 통제실의 간부들도 웃음을 터트렸다.

─그 상관에 그 부하구만. 아주 재미있는 놈들이야.

"하하…… 감사합니다."

─좋아, 그럼 침투는 멧돼지 때문에 성공했다치고 훈련용 수류탄을 터뜨렸다고? 왜 쏘는 김에 공포탄도 쏘지 그랬어?

"여기선 아니지만 다른 곳에서 쏘긴 했습니다."

ㅡ응? 공포탄을 사격했다고?

"예, 가용한 물자를 모두 사용하라고 하셔서 다 사용했습니다."

ㅡ……다른 건 뭐 더 쓴 거 없지?

대한이 뒤를 돌아 정우진을 바라봤다.

그러자 정우진이 대한이 만든 지뢰를 건넸다.

대한은 지뢰를 손에 들고 말을 이었다.

"제가 따로 제작한 지뢰인데 밟으면 콩알탄이 터지도록 제작을 했습니다."

말이 끝남과 동시에 지뢰를 꽉 눌렀다.

타앙!

지휘 통제실에 폭발음과 함께 콩알탄이 약하게 튀었다.

위험하진 않았다.

콩알탄이 너무 멀리 날아가지도 않았고.

그냥 시각적 효과를 위해 콩알탄이 퍼지게 한 것뿐이니까.

그래서일까?

김현식이 아주 만족스럽다는 박수를 치며 말했다.

ㅡ크하하하! 멋지다, 김대한! 이거 완전 미친놈이었구만?

"감사합니다."

ㅡ그래서, 그걸 활용해서 적의 침투를 막긴 했나?

"예, 한 명이지만 시야에 없는 적이 지뢰를 밟은 걸 확인하고 포로로 잡아 두었습니다."

―크큭, 만드는 김에 크레모아도 만들지 크레모아는 왜 안 만들었어?

크레모아.

대인용 지향성 산탄 지뢰의 일종이다.

수동으로 유선 조작하여 폭발시키는 지뢰 중 하나로 적의 위치를 식별한 뒤 작동을 해야 한다.

차단선에 있어 기본적인 지뢰로 알려져 있기에 물어본 것일 터.

대한이 김현식에게 답했다.

"현 작전에 있어 크레모아는 큰 효과가 없다고 생각했습니다."

―왜지? 차단선 진지에 숨어 있다가 터트리면 적을 저지하는데 있어 수월했을 텐데?

"일단 수동으로 조작해야 하는 점에서 유용하다 볼 수 없습니다."

―흠, 계속 이야기해 봐.

"개활지에서 차단선을 펼친다면 산탄되며 넓은 범위에 피해를 주는 크레모아는 효과가 있다고 생각합니다. 하지만 저희는 산속에 차단설을 펼쳤고 시야가 확보되는 곳보다는 확보되지 않는 곳이 더 많았습니다. 그런 상황에서는 수동으로 조작하지 않아도 되고 차단선에서 시야가 확보되지 않는 곳에서 접근하는 적을 막을 수 있는 대인 지뢰를 설치하는 것이 맞다고 판단했습니다."

대한의 말이 끝나자 김현식은 물론 124연대의 간부들 모두 고개를 끄덕였다.

김현식이 이민수를 불렀다.

─124연대장.

"예, 사령관님."

─질 만했다고 생각하지?

이민수가 대한을 흘끔 바라보며 말했다.

"예, 아무래도 인정해야 할 것 같습니다. 더 나아가 이런 부대와 훈련을 했다는 것이 자랑스럽습니다."

─다행이구만. 124연대가 기죽는 건 사령관으로서 원치 않는 결과라서.

김현식이 잠시 고민하고는 말을 이었다.

─내일 오후에 공병단장이랑 연대장은 사령부로 와라.

두 사람이 동시에 답했다.

"예, 알겠습니다!"

─아, 그리고 연대장 직속상관한테는 내가 따로 말할 테니까 따로 보고 안 해도 된다. 김 중위, 네가 운전해서 두 사람 모시고 와.

"예, 알겠습니다!"

─그래, 시간도 늦었는데 훈련 종료하고 푹 쉬어라. 질문 있

나?

대한이 주위를 둘러봤다.

'이 상황에 질문할 사람이 있겠나.'

김현식이 고개를 끄덕이며 말했다.

─그럼 이쯤에서 마무리하자고. 아, 멧돼지 건은 연대장이 관련 기관에 협조해서 처리할 수 있도록 해. 다른 것보다 가장 먼저 처리해야 할 거야.

"예, 알겠습니다. 최대한 빠르게 처리한 뒤 보고드리겠습니다."

─그래, 다들 고생 많았다. 이쯤 마무리하자.

박희재가 김현식에게 경례하자 화상회의가 종료되었다.

화상회의가 종료되자 몇 명의 간부들을 제외한 전 간부들이 힘이 빠진 듯 그대로 의자에 몸을 파묻었다.

당연한 반응이었다.

이 새벽에 누가 사령관이랑 화상회의를 할 줄 알았겠나.

공병단 인원들만 워낙 자주 있는 일이었기에 별 타격이 없었다.

대한이 자리에서 일어나 밖에 대기 중인 상황병에게 말했다.

"미안한데 빗자루랑 치울 것 좀 줄래?"

"아, 아닙니다. 제가 하겠습니다."

"아니야, 우리가 어지른 건데 우리가 치워야지."

"아…… 알겠습니다."

상황병이 대한에게 청소 도구를 건넸다.

대한은 자연스럽게 박태현에게 청소 도구를 전달했다.

박태현이 고개를 갸웃거리며 말했다.

"이걸 왜 주십니까?"

"빨리 청소해."

"아까 어지른 사람이 치우신다고……."

"우린 한 팀이잖아. 그럼 일심동체지. 난 가서 사과드리고 올게."

"하…… 내가 부사관이 아니라 장교를 지원했어야 했는 건데……."

"그러게 잘 좀 고르지 그랬냐."

박태현은 구시렁거리며 대한이 건넨 청소 도구를 받아 들었다.

대한은 큰 파편들을 손으로 주웠고 이내 정리가 다 되어 갈 때쯤 박희재가 대한에게 말했다.

"밀대 필요하냐?"

"훈련용 수류탄의 흙먼지 때문에 밀대가 있으면 더 깔끔할 것 같긴 합니다."

"이영훈이!"

박희재가 이영훈을 불러 밀대를 빨아 오라고 시키자 이영훈이 헐레벌떡 밀대를 구하러 갔다.

그 모습을 대한이 피식 웃었다.

'그래 이게 군대지.'

잠시 후, 청소가 끝난 공병단 간부들이 박희재의 뒤에 섰고 박희재가 이민수에게 말했다.

"고생했다. 얼른 쉬고 내일 오후에 데리러 오마."

"선배님도 고생 많으셨습니다. 내일 말고도 자주 보시죠."

"그래, 언제든 놀러 와라. 네가 오는 건 항상 환영이다. 그리고……."

박희재가 잠시 우물거리자 이민수가 웃으며 말했다.

"자세한 건 나중에 이야기하시죠. 고생하셨습니다."

"……그래."

박희재가 대학 시절 어떤 모습이었는지는 잘 모르겠으나 지금의 박희재를 본다면 그렇게까지 못된 사람은 아니었을 것 같았다.

그러니 이민수의 마음이 금방 풀렸겠지.

박희재는 이민수와 악수를 나누고는 연대 본부를 나왔다.

그리고 담배를 꺼내 물며 말했다.

"다들 고생했다. 내일은 다들 전투 휴무하는 것으로 하자. 당직 근무 인원들에게는 휴가 하루 주는 것으로 마무리하자."

이런 것이 원래 대한이 해야 할 일이었다.

대한이 고개를 끄덕이며 답했다.

"예, 알겠습니다. 복귀해서 전파하겠습니다."

"대한이 너도 휴가로 대체해."

"단장님 계시는 동안 다 쓰지도 못할 휴간데 괜찮습니다."

"왜, 이제 펑펑 쓰면 되잖아."

"써 봤자 2, 3일인데 언제 다 쓰겠습니까."

"누가 2, 3일 쓰래? 내일 작전사 다녀오면 바로 휴가 써. 한 2주 정도?"

"……예?"

"눈치 주는 놈 없잖아? 누가 너한테 눈치를 줘? 내가 가라 하면 가면 되는 거지 안 그러냐?"

중대장들이 웃으며 고개를 끄덕였다.

'2주 휴가라니. 병사들만 가는 거 아니었나.'

장기 휴가를 허락받아 좋기는 한데…….

'그 기간 동안 뭐 해야 해?'

집에서 쉬는 것도 하루 이틀이다.

엄마와 놀러 가도 며칠이겠지.

아무리 생각해도 남는 시간이 너무 많은데?

대한이 잠시 고민을 하더니 이내 고개를 끄덕이며 답했다.

"……알겠습니다."

"그래, 대충 일정 정해지면 말해라."

일단 가족회의를 해 봐야겠군.

대한은 간부들과 함께 공병단으로 빠르게 복귀했다.

다음 날 오후.

대한은 박희재를 차에 태운 뒤 124연대로 향했다.

이민수가 위병소에서 차를 기다리고 있었고 차에 타며 물었다.

"선배님 차입니까?"

"아니, 김 중위 차."

"예? 중위가 이런 차를 몹니까?"

"몰 수 있지. 왜? 너 이런 거 따지냐?"

"아니, 그런 게 아니라…… 이거 비싼 거 아닙니까? 뭐라고 하더라…… 카푸어? 뭐 그런 겁니까?"

대한이 피식 웃으며 말했다.

"예, 그렇게 불리기도 합니다."

"아무리 집 살 필요가 없는 직업이라지만…… 넌 참 여러모로 이해가 힘든 놈이구나."

통장 잔고를 보면 더 이해하기 힘들어질걸?

대한은 그냥 따로 설명하지 않고 이해하기 힘든 놈이 되기로 했다.

박희재가 웃으며 말했다.

"집 살 필요가 없으니까 움직이는 집을 사는 거 아니겠냐? 넌 대학교 때나 지금이나 참 변한 게 없어. 좀 유연하게 생각을 해야지."

"그때 생각도 못 하도록 한 게 누군데 그러십니까? 기억 안 나십니까? 잔대가리 굴리지 말고 기계처럼 움직이라고 그랬잖습니까."

대한이 박희재의 얼굴을 보자 전혀 기억이 안 나는 얼굴이었다.

'원래 때린 놈은 기억 안 나는 법이지.'

박희재가 어색하게 웃으며 말했다.

"하하…… 내가 그랬었나?"

"기억력이 그렇게 안 좋으신데 어떻게 대령까지 달았나 모르겠네……."

"다 인복이지. 유능한 부하들이 있다면 대령까지는 그냥 올라가는 거지 뭐. 별 다는 건 내 능력이라지만 대령은 아니잖아."

이민수가 고개를 내저으며 말했다.

"부하 보는 앞에서 할 말은 아닌 것 같습니다만."

"부하가 아니라 전우잖아. 괜찮아."

"스읍, 이상하다…… 원래 이런 캐릭터가 아니었던 것 같은데……."

대한도 이민수의 말에 공감했다.

전생의 기억을 떠올려 보면 박희재는 항상 화가 가득한 사람이었다. 지금 같은 모습일 거라고는 전혀 상상도 못 할 정도로.

어디 박희재뿐이겠는가.

당장 이영훈만 해도 원래는 대한이 원망하던 사람 중에 하나였다.

그러나 대한이 바뀌자 주변 사람 모두가 바뀌었다.

그렇기에 박희재의 말에 공감했다.

'누굴 어디서 어떻게 만나느냐가 참 중요하지.'

특히 유능한 부하를 만나서 잘됐다는 말은 진짜였다.

대한도 이번 훈련에서 느끼지 않았나.

'박태현 같은 놈들 몇 명만 더 있으면 뭐든 할 수 있겠다는 생각이 들었지.'

따로 말하지 않아도 알아서 움직이는 부하가 있는 게 얼마나 중요한지 제대로 느낀 훈련이었다.

혼자서는 한계가 명확했고 이젠 윗사람이 아닌 부하들을 모아야 할 때였다.

그도 그럴 것이 조만간 중대장을 하게 될 테니까.

'어떤 소대장을 만나느냐에 따라 중대장 난이도가 변한다.'

물론 부족하다면 내가 만들어야겠지만.

대한은 전생의 중대장 시절의 기억을 떠올리며 차를 몰았고 박희재와 이민수는 작전사에 도착할 때까지 티격태격했다.

대한이 작전사에 도착해 한숨을 내쉬며 말했다.

"후…… 도착했습니다."

그러자 박희재가 안전벨트를 거칠게 풀며 말했다.

"야, 너 내려 봐."

"또 때리려고 그러십니까? 이젠 저도 안 참습니다. 이제 저랑 계급 똑같은 거 아시죠?"

두 사람이 차에서 뛰어내리듯 내렸고 대한은 차에 남아 고개를 저으며 휴대폰을 꺼냈다.

그리고 김현식에게 연락했다.

"충성! 사령관님, 저희 작전사 도착했습니다."

─타이밍 좋네. 흡연장으로 와.

"예, 알겠습니다."

대한이 차에서 내려 두 사람에게 말했다.

"흡연장으로 오시랍니다."

"잠깐만, 먼저 가 있어 봐."

"그냥 나중에 가실 때마저 하시면 안 됩니까? 차라리 관사에서 제대로 한 판 하십쇼. 제가 옆에서 고기 구워 드리겠습니다."

박희재가 이민수를 노려보며 말했다.

"저건 좋은 생각인 것 같다."

"……선배 관사로 가서 이야기하시죠."

"일단 사령관님 기다리시게 할 순 없으니까 얼른 가자."

"예."

두 사람은 빠른 걸음으로 흡연장으로 이동했다.

대한은 그들의 뒤를 따라가며 연거푸 한숨을 내쉬었다.

'복귀할 땐 또 얼마나 피곤할까.'

김현식을 보러 오는 와중에도 이 정도인데 보고 난 뒤에는 훨씬 더 심할 것이 분명했다.

그렇게 걱정하는 것도 잠시.

곧 흡연장에 도착했고 김현식 혼자 흡연장을 차지하고 있었다.

최상급자인 박희재가 김현식을 향해 경례했다.

"충성!"

"어, 왔어? 담배 한 대 피우고 들어가자."

"예, 알겠습니다. 그나저나 왜 혼자 태우고 계십니까?"

"누가 나랑 담배 피우러 나오겠냐? 아는 놈들이라면 모르겠지만 다 처음 보는 놈들인데 당연히 안 피우겠지. 담배 피우다 체할 일 있냐?"

"아, 그렇습니까?"

"당연하지. 봐라. 너도 담배 안 꺼내잖아."

"하하, 그래도 사령관님 앞인데 어찌……."

"에휴, 장군들 대부분이 금연한다고 할 때 그때 같이 금연했어야 하는 건데…… 이거야 원 불편해서 담배도 못 피우겠단 말이지."

김현식이 서둘러 담배를 피우고는 자리에서 일어났다.

"들어가자, 다 준비해 놨다."

"아, 예."

세 사람은 김현식을 따라 그의 집무실로 이동했다.

그나저나 뭘 준비했다는 거지?

김현식이 우릴 위해 준비할 게 있나?

표창을 생각했지만 그런 거라면 굳이 준비해 놨다고 말하진 않을 것 같았다.

그도 그럴 것이 그 정도는 준비할 필요도 없었으니까.

그냥 '줘라'라는 말 한마디면 몇 장이라도 줄 수 있는 것이었다.

그렇게 궁금증을 가지고 그의 집무실로 들어갔고 책상에 무수히 펼쳐진 서류가 눈에 들어왔다.

'이야, 대장은 아무나 하는 게 아니구나.'

저 모든 것이 다 김현식이 직접 결재해야 하는 서류일 터.

김현식이 서류를 대충 치운 뒤 파일 하나를 집어 들었다.

그리고 그 파일 앞면에는 '보직심의'라는 단어가 크게 적혀 있었다.

'어?'

대한은 파일의 정체를 알아차린 후 박희재를 바라봤다.

박희재 또한 그 단어를 확인했는지 침을 꼴깍였다.

이는 이민수도 마찬가지였다.

두 사람 모두 조만간 보직을 이동해야 하는 시기였으니까.

'준비해 놨다는 게 설마 이걸 말하는 건가?'

이 정도 건수라면 김현식도 준비를 해야 하는 것이었다.

일개 위관급 장교 보직도 고심을 해야 하는데 대령급 보직은 얼마나 힘들겠나.

대한은 아무 관계도 없었지만 괜히 긴장이 되었다.

김현식이 파일을 살피며 말했다.

"두 사람 다 내년에 보직 이동이지?"

"예, 맞습니다."

"다름이 아니라 내가 쓰고 싶어서 자리를 한번 알아봤다. 공병단장부터 물어보자. 가고 싶은 자리 있냐?"

박희재가 눈치를 살피며 말했다.

"딱히 생각한 곳은 없습니다."

"솔직하게 말해도 돼. 육본 가고 싶어?"

"아닙니다. 진짜 생각 자체를 안 해 봤습니다."

대한이 본 박희재는 저런 것으로 거짓말을 할 사람이 아니었다.

'진짜 생각을 안 했겠지.'

마음 같아서는 단장을 계속하고 싶을 것이다.

어차피 진급은 물 건너간 지 오래였고 전역만을 앞두고 있는데 굳이 힘든 자리에 가서 뭐 하나.

그냥 건강하게 전역을 하는 것이 제일 큰 목표일 터.

김현식이 피식 웃으며 말했다.

"그렇다고 좋은 자리 보내 주면 싫어할 거잖아."

"아……."

박희재가 대한과 이민수의 눈치를 살피고는 이내 편하게 답하기 시작했다.

"예, 그냥 편한 자리에서 사령관님 모실 수 있으면 좋을 것 같습니다. 지금 든 생각인데 TF 팀 만드실 것 있으시면 그쪽에서 열심히 일해 보겠습니다."

그의 말에 대한과 이민수가 간신히 웃음을 참았다.

'역시 장포대란 건가.'

김현식을 사령관으로 대하는 것도 잠시뿐이었다.

편하게 하라니 바로 동네 형을 만들어 버렸다.

김현식은 박희재의 태도가 마음에 드는지 피식 웃으며 말했다.

"그럴 줄 알았다. 내가 자네 주려고 작전사에 좋은 자리 알아보고 있으니까 참모장이 와서 말하더라. 자네 자력 보니까 좋은 자리 앉혀 주면 오히려 싫어할 것 같다고."

"참모장이 정확히 본 것 같습니다. 전 한 명의 상급자를 모시며 부하들을 더 챙기는 군 생활을 하고 싶습니다."

"상급자랑 짬 차이가 얼마 안 나도 상관없지?"

"……잘못 들었습니다?"

뭐지, 본인의 밑에 있으라는 거 아니었나?

그런데 갑자기 상급자가 후배라니.

박희재가 고개를 갸웃하자 김현식이 말을 이었다.

"작전사에는 마땅한 자리가 없더라고. 그래서 며칠 고민을 해봤는데 이만한 자리도 없을 것 같아서 보내 줘야겠다 싶더라."

"그런 곳이 어딥니까?"

"공병학교."

"……공병학교 말씀이십니까?"

"어, 부학교장 어때?"

김현식이 박희재의 의견을 물어보는 것 같아 보였지만 실상은 아니었다.

사령관쯤 되는 양반이 며칠 동안 고민한 결과를 이야기하는데 대령 나부랭이가 뭐라고 거절하겠나.

강제성이 다분한 멘트였다.

다행인 건 박희재의 마음에 드는 자리란 것.

"오…… 좋은 것 같습니다."

"흐흐, 그럴 줄 알았어. 자네가 워낙 짬을 많이 먹어서 자네보다 많이 선배인 장군이 있는 곳이 없어. 군단장 아니면 사령관쯤 되어야 자네가 무서워할 텐데 그런데 보내면 자네가 싫어할 거잖아."

"예, 그렇습니다."

"그럴 줄 알았어. 무튼 이제 바뀌는 학교장도 내가 아는 놈인데 서로 잘 지낼 수 있을 거다."

김현식의 말에 대한은 장군 인사를 떠올렸다.

하지만 김현식의 진급 소식이 워낙 강렬했던 탓에 다른 사람들의 진급은 기억나질 않았다.

그리고 대한이 아는 사람이라면 기억을 했겠지만 아는 사람 중에 진급한 사람은 없었다.

김현식이 생각에 잠긴 대한을 보며 말했다.

"대한이 너도 아는 사람이다."

"아, 그렇습니까? 공병학교장에 갈 만한 분이 누구……."

대한은 그제야 장군인사에 있던 이름이 떠올랐다.

"아, 최성일 소장이 학교장으로 오십니까?"

"그래, 공병실장 할 때 봤지?"

"예, 육본에서 뵀었습니다."

"그래, 내가 봤을 때 학교장이랑 부학교장이랑 서로 잘 맞을 것 같아."

대한이 박희재를 바라보고 고개를 끄덕였다.

그러자 박희재가 물었다.

"네가 봐도 그래?"

"예, 그렇습니다. 두 분 똑같으십니다."

정말이었다.

최성일을 처음 봤을 때 박희재 같다고 느꼈었으니까.

박희재가 미소를 지으며 말했다.

"감사합니다, 사령관님."

"감사는 무슨. 좋은 자리도 아니고 한직에 가까운 자리인데 내가 미안하지."

"아닙니다. 전 딱 그런 자리를 원했습니다."

"내가 준비한 게 마음에 들었다니 다행이네. 그럼 자네는 됐고…… 이 대령은 야전에 있고 싶어?"

이민수가 자세를 고쳐 앉으며 말했다.

"상관없습니다. 절 원하시는 상관이 계시면 어디든지 그곳으로 가겠습니다."

"그럼 자넨 작전사로 들어와."

"예, 알겠습니다."

"하하, 뭐 시킬 줄 알고 넙죽 대답해?"

"사령관님께서 직접 부르시는데 뭘 시키든지 상관없습니다."

김현식이 피식 웃으며 말했다.

"그럼 와서 나랑 체계나 하나 세워 보자고."

"……체계 말씀이십니까?"

"어, 평시 언제든 바로 전투에 돌입할 수 있는 체계. 쉽진 않을 것이지만 내가 최대한 도와줄 테니 같이해 보자고."

대한은 김현식이 말한 체계가 뭔지 알 것 같았다.

'그 귀찮던 게 이런 식으로 만들어졌던 것이구나.'

하지만 지금 만들어질 결과물은 전생과는 다를 것 같았다.

그도 그럴 것이 두 사람 모두 대한을 경험했으니까.

'차단선만 중요한 것이 아니라 침투도 중요하다 느낄 테니까.'

결국 이번 훈련을 끝낸 결정적인 이유는 공병단의 차단선이 견고해서가 아닌 대한과 박태현의 침투였다.

아군 사상자도 없이 상황을 끝낼 방법을 직접 보여 줬는데 이걸 대비하지 않는다면 그거야말로 바보 아닌가.

'두 사람이 어떤 체계를 만들지 기대가 되네.'

사령관이 바뀌더라도 유지될 수 있는 멋진 체계가 만들어지 길 바랐다.

이민수가 비장한 표정으로 답했다.

"예, 알겠습니다!"

"오케이. 자, 그럼 이제 한 놈 남았나."

한 놈? 누구?

그 순간, 모두의 시선이 대한에게로 몰렸다.

"저, 저 말씀이십니까?"

"그럼 여기 너 말고 누가 있냐?"

김현식이 피식 웃는다.

아니 그건 아는데 갑자기 저요?

전혀 예상하지 못했다.

대한이 놀란 눈으로 그를 바라보자 김현식이 미소를 지으며 말했다.

"뭘 그리 놀라? 너 거기 계속 있으려고?"

"그건 아니지만…… 딱히 옮길 거란 생각도 안 하긴 했습니 다."

당연하지.

보통 대위 진급 발표가 나고 고군반에 가기까지 첫 부대에 남 아 있으니까.

김현식이 보직심의를 살피며 말했다.

"나도 그냥 놔두려고 했거든? 근데 워낙 달라는 놈들이 많

있어."

"아······."

"누가 달라고 했을 것 같아?"

"딱 떠오르는 분은 없습니다."

"뭐, 여기저기서 달라고 하긴 하더라. 인기가 참 많아? 그런 의미에서 공병학교장 전속부관은 어때?"

또 부관이야?

거절을 이만큼 했는데 이제 와서 수락할 순 없었다.

대한이 재빨리 답했다.

"괜찮습니다."

"크흐흐, 최 장군이 서운해하겠구만. 그 친구가 달라고 했어."

"······혹시 말씀하실 겁니까?"

"아직 제안 두 개 더 남았다. 그 제안의 대답에 따라 생각해 보마."

대한이 바로 허리를 곧추세우고 가슴을 폈다.

고민 잘하자.

큰 거 온다.

대한이 자세를 고쳐 앉자 김현식이 말했다.

"다음은 이 대령이 올 TF 팀에 팀원이 되는 것. 너 때문에 제대로 생각이 잡힌 체계라 솔직히 말하면 나한테도 필요하다."

오······ 이건 좀 끌리는 제안이었다.

군 역사에 남길 수 있는 체계에 대한의 이름이 올라가는 것이니까.

특히 진급에 있어서도 아주 중요한 요소였다.

그리고 보통 이런 TF 팀에 중위 자리는 없었다.

최소 대위. 심지어 대위도 간혹 보이고 대부분 소령이 최하 계급이었다.

그런데도 제안하는 걸 보면 김현식이 제대로 대한을 밀어줄 생각인 것 같았다.

대한이 잠시 고민하고는 물었다.

"혹시 마지막 것도 들어 봐도 되겠습니까?"

대한의 질문에 김현식이 파일을 책상에 툭 던졌다.

그의 행동에 세 사람 모두 흠칫 놀랐고 김현식이 아쉽다는 듯 입을 열었다.

"에이, 하여튼 안 걸린다니까."

"왜 그러십니까?"

"마지막 보직을 이야기하면 네가 다른 건 신경도 안 쓸 것 같 았거든."

도대체 뭐길래 그러지?

중위 계급에는 대한이 원하는 자리는 없었다.

물론 대위나 소령 계급의 보직에서도 원하는 자리가 없긴 했 지만 중위 자리에 욕심나는 자리는 절대 없었다.

대한이 머리를 굴리던 그때, 김현식이 책상에 놓인 파일을 대한에게 밀며 말했다.

"직접 봐."

대한이 책상에 있던 파일을 집어 내용을 살폈다.

대한의 관등성명 옆에 세 가지 보직이 있었고 마지막인 세 번째 보직.

"……EHCT 교관?"

"생각해 보니 팀장이 문제가 아니라 교관이 없더라고. 그래서 찾아봤는데…… 마땅한 놈이 없어."

"그럼 이번에 면접 보고 합격한 인원들 교육 끝나면 제가 교육하는 겁니까?"

"그래, 인원들 교육하면서 발전시키는 자리다."

이래서 김현식이 안 걸린다고 한 것이구나.

그럼 더 고민할 필요도 없었다.

대한은 얼른 주머니에 꽂혀 있던 펜을 꺼내 공란에 동그라미를 치며 말했다.

"여기 가겠습니다."

"하, 더 설득하지 말라고 친절하게 동그라미까지 치다니."

"하하, 사령관님께서 굳이 힘들이시지 말라는 제 나름의 배려라고 생각해 주십쇼."

"어휴, 이 대령. 어쩔 수 없다. 자네랑 나랑 알아서 만들어 보자."

이민수가 미소를 지으며 대한에게 펜을 받아 본인의 보직에 동그라미를 쳤다.

"예, 알겠습니다!"

이어서 박희재도 본인의 부학교장 자리에 동그라미를 친 뒤 김현식에게 건넸다.

김현식이 세 사람의 보직을 확인하며 박희재에게 말했다.

"자네 한직이 아니게 될 수도 있겠어."

"아…… 뭐 때문에 그러십니까?"

"말해 줘도 되려나…… 자네 전역한다는 소리 하면 안 된다?"

"하하, 안 합니다."

"사실 부학교장 자리랑 EHCT 교관 자리 둘 다 최 장군이 말한 거야."

그게 뭐?

공병 병과의 장이니 충분히 할 수 있는 소리 아닌가?

대한이 박희재와 눈을 맞췄다.

박희재가 고개를 갸웃하며 물었다.

"……그렇습니까?"

김현식이 씨익 웃으며 말했다.

"둘 다 공병학교로 가게 될 거야."

응? 뭐라고?

대한은 순간 자신의 귀를 의심했다.

그리고 공병학교에 가게 된다는 말을 제대로 이해하게 되었을 때 대한은 자신의 생각이 무척 짧았다는 것을 깨달았다.

'하…… 생각해 보니 그러네. 내가 교관으로 지낼 만한 곳이

공병학교 말고 또 어디 있겠어.'

참 나…… 이걸 이렇게 또…….

그나저나 이 양반이랑 또 군 생활을 같이하네?

이건 좀 괜찮았다.

대한이 박희재를 보며 씨익 웃었다.

그러자 박희재 또한 웃으며 대한의 등을 토닥였다.

"대위 진급까지 직접 축하해 줄 수 있겠구나."

"하하, 영광입니다."

김현식이 두 사람을 보며 고개를 내저으며 말했다.

"두 사람 관계가 아주 좋네. 근데 이젠 그 관계가 어떻게 될지 모르겠다."

"왜 그러십니까?"

대한의 물음에 김현식이 피식 웃으며 파일에 무언가를 끄적이기 시작했다.

그리고 대한과 박희재에게 보였다.

"둘 다 공병학교에 간 이상 겸직은 필수다."

"EHCT 전략부장?"

"대한이 너는 부서 소속이고. 두 사람은 EHCT를 어떤 상황에 어떻게 써먹을 수 있을지 계속 제안해야 할 거다."

하…… 또 겸직이야?

언제가 돼야 하나의 보직만 할 수 있으려나.

그래도 이 정도면 괜찮다고 생각했다.

겸직은 늘 하던 것이었으니.

그래서 대한은 겸직을 한다는 것에만 조금 아쉬웠을 뿐 전략부 소속이 된다는 것에는 별생각이 없었다.

이는 박희재도 마찬가지였다.

어차피 두 사람이 만나서 이야기를 시작하면 자연스럽게 나올 이야기들이었으니까.

김현식은 두 사람의 표정이 변하질 않는 것을 보고는 천천히 입꼬리를 올렸다.

"생각보다 두 사람 다 덤덤해 보이네?"

"하던 일하면 된다고 생각해서 그렇습니다."

"그치? 근데 거기 가면 정기적으로 참모총장님께 보고드려야 한다?"

"……!"

"……!

아, 이건 반칙이지.

그의 말에 대한과 박희재의 눈이 화등잔만 해졌다.

이게 무슨 소리야?

참모총장한테 정기적으로 보고라니?!

'아, 근데 생각해 보면 교관직 달고 부서까지 만들었으니 당연한 건가?'

심지어 공병단에서 하는 것도 아니고 공병학교에서 진행하는 것이었다.

그러니 생각해 보면 참모총장의 귀에 들어가는 건 당연했다.

대한은 잽싸게 차선책을 찾기 시작했다.

"저, 사령관님? 저희가 직접 보고드리는 건 아니지 않습니까? 학교장이 따로 총장님께 보고를 드리는 거 아닙니까?"

"그렇지? 아, 아닌가? 너희가 보고해도 되겠는데? 둘 다 말은 잘하잖아. 최 장군보다 낫겠는걸?"

"……."

아, 괜히 말했다.

말 한마디로 천 냥 빚을 갚는다고 했는데 왜…….

박희재가 대한을 흘겨보며 말했다.

"……대한아, 그냥 쉿."

"……예, 죄송합니다."

그래도 박희재는 희망을 놓지 않고 어색하게 웃으며 말했다.

"그래도 보고는 학교장이 해야 그림이 나오는 거 아니겠습니까. 아무리 그래도 보고 체계라는 것이 있는데……."

"그럼 일단 최 장군한테 말은 해 볼게."

"아, 그러실 필요까지는 없을 것 같은데……."

박희재의 표정도 무참히 구겨진다.

괜히 입을 열었다.

대한이 눈치를 살피며 말했다.

"사, 사령관님 바쁘신데 저희는 슬슬 가 봐야 하지 않겠습니까?"

"그렇지. 우리랑은 스케일이 다른 분이시잖아. 이 대령 얼른 일어나."

이민수가 피식 웃으며 고개를 끄덕였다.

이민수는 이 자리에서 아무런 피해를 입지 않았다.

그저 본인의 미래에 꽃밭이 펼쳐진 자리였다.

물론 대한과 박희재도 피해를 입은 건 아니다.

다만 엄청나게 귀찮아질 뿐이라는 게 문제였다.

김현식이 슬슬 자리에서 일어나려는 세 사람을 향해 말했다.

"셋 다 복귀해서 고생 좀 하고 조만간 또 보자꾸나."

"예, 알겠습니다!"

박희재가 대표로 경례를 하고 집무실을 나서려는 그때 김현식이 말했다.

"아무리 생각해도 너희 둘이 보고 들어가는 그림이 좋아 보인다. 그렇게 하자."

"……하하. 예, 알겠습니다."

김현식이 씩 웃으며 체크메이트를 날린다.

대한의 표정에 먹구름이 피었다.

'정기적으로 참모총장을 어떻게 만나.'

매번 거창한 걸 들고 가야 할 것만 같았다.

그건 노력한다고 되는 것이 아니었다.

기본적인 것이 중요한 시기도 있을 것이고 혁신적인 발전이 필요한 시기도 있을 터.

대한은 생각했다.

'그땐 저 양반한테 보고하라고 해야겠다.'

하지만 문제는 박희재도 자신한테 미룰 것 같다는 것.

'아, 이래서 관계 걱정했던 거구나.'

전우애 크게 상하겠어.

박희재가 집무실을 나오자마자 한숨을 내뱉으며 말했다.

"한직으로 보내 주신다고 그러셨으면서 이제 보니 완전 요직이잖아."

요직은 항상 고정되어 있는 것이 아니었다.

상황에 따라도 변하는 것이었고 지휘관의 성향에 따라서도 변하는 것이었다.

그도 그럴 것이 지휘관을 많이 보는 자리가 요직이었으니까.

지휘관을 많이 본다는 말은 곧 그만큼 부대에 중요한 일을 한다는 것.

그런 맥락에 있어 참모총장에게 직접 보고해야 하는 사항이라면 요직 중의 요직이라 불릴 만했다.

'진급도 못 하는데 억울할 만도 하네.'

박희재가 연거푸 한숨을 내쉬며 말했다.

"이럴 줄 알았으면 거기 선택 안 했지. 그리고 서명한 서류에 보직 추가하는 건 좀 너무하신데……."

그래, 그건 너무하긴 했다.

계약서 다 써 놓고 갑자기 계약서 수정이라니.

대한이 박희재의 말에 맞장구를 치려는 그때 집무실의 문이 열렸고 김현식이 나오며 말했다.

"그럼 몇 개 더 써 줄까?"

박희재가 화들짝 놀라는 것도 잠시 어색하게 웃으며 답했다.

"하하…… 아닙니다. 너무 좋다고 하려던 참이었습니다."

"그래, 나도 그렇게 알아들을게. 사실 내가 생각해도 자네한테는 못된 짓 하는 것 같으니까."

김현식이 박희재의 등을 두드려 주자 박희재도 그제야 고개를 끄덕였다.

그래. 피하지 못하면 즐기랬다.

이왕 이렇게 된 거 즐기는 수밖에.

게다가 생고생만 하는 게 아니라 상급자가 인정해 주는 고생인데 군인으로서 할 만하지 않겠는가?

김현식을 따라 흡연장으로 이동한 일행은 김현식이 담배를 물자 다들 다시 눈치를 살폈다.

그 모습에 김현식이 짜증스레 말했다.

"거 참 그냥 좀 피워라. 박 대령 너는 이제 나 안 봐도 되잖아? 그냥 피워도 상관없고 이 대령 너는 이제 나랑 하루 종일 같이 있어야 하는데 담배 안 피울 자신 있어? 어차피 피울 거면 그냥 지금 피워."

김현식은 담배에 쌓인 울분이 많았는지 속사포를 쏘았고 그러자 명령이라 생각했는지 두 사람 모두 잽싸게 담배를 꺼내 물고 불을 붙였다.

김현식이 고개를 내저으며 말했다.

"편하게 군 생활해. 두 사람 모두 기본적인 예의는 잘 지키잖아. 그럼 편하게 지내지 못할 이유가 있나? 없잖아."

"예, 그렇습니다."

"편하게 연락해도 되니까 자주 연락해."

워낙 높은 곳에 있어서 그런가 다들 김현식을 어려워하는 것 같았다.

그래서 대한이 두 대령을 대신해 답했다.

"자주 연락드리겠습니다."

"아, 네가 연락할 거야?"

"박 대령이랑 맛집 리스트 만들고 직접 돌아다니면서 보고드리겠습니다. 전역하시면 저희가 돌아다닌 코스대로 돌아다니실 수 있도록 준비해 놓겠습니다."

"하하, 같이 가잔 소리를 해야지 전역하고 알아서 돌아다니라고?"

"어…… 오실 수 있으십니까?"

김현식이 잠시 고민하더니 이내 피식 웃으며 말했다.

"왜, 못 갈 것 같아?"

그 말에 순간 우수수 소름이 돋는다.

하지만 대한은 정신을 바짝 차리고 머리를 굴렸다.

이 양반 계급에 눌려 계속 명청하게 있다간 아까와 같은 꼴을 당하게 될 테니.

'사령관 된 지 한 달밖에 안 된 양반인데…….'

물론 사령관의 스케줄은 모르지만 얼마 전만 해도 며칠 밤을 샜던 걸로 안다.

그런 그가 과연 주말에 시간을 낼 수 있을까?

대한이 어색하게 웃으며 말했다.

"힘드실 것 같습니다."

"후후, 이제 좀 머리가 굴러가나 보네. 네가 생각해도 그렇지?"

"예, 그렇습니다."

"에휴, 장군 달면 편할 줄 알았더니만 다 늙어서 이게 무슨 고생인지 모르겠다."

"저희가 자주 얼굴 비추겠습니다."

"그래 줘라. 아, 아니다. 내가 가도 되잖아? 학교는 자주 갈 명분이 있는데?"

대한은 박희재와 눈을 맞춤과 동시에 손을 내저었다.

"어, 아닙니다. 그러면 굉장히 힘들어질 것 같습니다."

"왜, 그냥 가는 거라니까."

"그냥 오셔도 학교 뒤집어집니다. 안 됩니다."

"그럼 너희가 참모총장님 뵈러 갈 때 육본 들러야겠구만."

이야, 이 양반 고단수네.

결국 우리가 참모총장을 만나게 하는구만.

'그래, 만나면 되지 뭐.'

대한이 웃으며 답했다.

"알겠습니다. 그때라도 얼굴 뵙겠습니다."

"그래, 이젠 불만 없지? 박 대령?"

김현식이 박희재의 어깨를 두드리며 말했다.

"하하, 처음부터 불만 없었습니다."

"그래, 불만 있으면 말해. 내가 그런 거 안 들어주는 사람은 아니잖아?"

하하.

불만을 말하면 더 힘든 일을 부여해서 처음 가진 불만이 불만 같지도 않게끔 만들 사람이지.

박희재가 어색한 표정으로 답했다.

"예, 군에서 가장 열린 분이라 생각합니다."

"좋게 생각해 주니 고맙네. 무튼 세 사람 모두 조심히 돌아가고, 명령은 여유롭게 낼 수 있도록 하마. 그럼 이제 복귀해 봐."

세 사람은 김현식이 또 뭐라고 할까 겁나 서둘러 차로 복귀했다.

차에 탑승한 박희재가 이마에 손을 얹은 채 말했다.

"……분명 좋은 일인데 참 찜찜하단 말이지."

"선배, 한직인 건 한직이잖습니까. 그리고 선배가 그 짬에 뭘 할 겁니까? 이번 훈련 때 보니까 아무것도 안 하더만. 어차피 김 중위랑 같이 가는 거면 가서도 가만히 있을 거 아닙니까?"

박희재가 고개를 돌려 대한을 바라보고는 씩 웃으며 답했다.

"……그러네? 혼자 가는 게 아니네?"

"에휴, 전략부장이든 뭐든 혼자만 아니면 됐지 뭘 더 걱정합니까? 제가 제일 큰일입니다. 전 아직 혼자 아닙니까."

잠깐만.

TF 팀에는 어차피 인원들 금방 찬다고.

지금 가장 큰 문제는 대한이었다.

박희재가 아무것도 안 할 거라는 걸 선언을 하는 중이었으니까.

하지만 대한은 이내 웃기 시작했다.

'어차피 박희재가 열심히 일할 거란 생각하지 않았다.'

그냥 방패막이로서 역할에 충실해 주기만 해도 괜찮았다.

박희재가 열심히 막아 주는 것만으로도 대한의 행동이 편해지는 건 사실이었으니까.

'이른바 박희재 실드란 말이지.'

대한이 박희재에게 웃으며 말했다.

"또 모시게 되어 영광입니다. 단장님."

"자식…… 표정 보니 벌써부터 견적 나오네. 야, 넌 쟤를 마냥 부려먹을 수 있을 것 같지? 이번에 못 봤냐? 너희 지통실 유리 깨고 거기 수류탄 집어넣는 거."

"하하…… 제가 어찌 단장님을 고생시키겠습니까? 지금처럼 그대로 해 주시면 전 더 바라는 거 없습니다."

그 말에 박희재가 피식 웃었다.

"지금처럼이라…… 그래 그건 또 내 전문 아니냐."

천직이긴 하지.

박희재처럼 군 생활 걸고 막아 주는 상급자도 없었으니까.

세 사람은 작전사에 올 때의 분위기와는 전혀 다른 훈훈한 분위기를 풍기며 부대로 복귀했다.

✖

작전사에 다녀온 뒤 며칠 후.

124연대에 나왔던 멧돼지를 잡았다는 말에 대한은 박희재와 함께 124연대로 이동했다.

대한이 멧돼지를 봤다는 이유로 불려 가는 것이었고 박희재는 어떤 멧돼지인지 궁금해서 따라오는 것이다.

대한이 124연대에 도착하자 위병소 근무자가 안내를 해 주었다.

"단장님도 오신 겁니까? 일단 여기 차 주차하시고 바로 올라가시면 됩니다."

"여기서 올라가는 거야? 주둔지 내에서 잡혔나 보네?"

"예, 그때부터 계속 근처에 있었던 것 같습니다."

울타리 순찰을 나갔다가 마주치기라도 했다면 큰일 날 뻔했잖아?

대한은 박희재와 함께 주둔지를 올랐다.

이내 사람들이 모여 있는 곳을 확인했고 그들에게 다가가자 거대한 멧돼지가 눈에 들어오기 시작했다.

박희재가 놀라며 말했다.

"이야…… 이 정도면 영물인데? 그 뭐냐, 원령공주에 나오는 개 같다."

"아, 그 커다란 멧돼지 말씀이십니까?"

"그래, 그거. 그나저나 크기가 무슨 진짜 경차 정도네."

"제가 차만 했다고 말씀드렸잖습니까."

"진짜 그러네."

대한이 거짓을 보탠 것이 아니었다.

오히려 작게 말한 것이었다.

차라리 박태현의 말이 더 와닿았다.

'낮에 보니까 어금니가 다리만 하네.'

팔뚝으로 본 건 밤이라 그런 것 같았다.

대한은 멧돼지를 잡은 포수에게 말했다.

"위험하셨을 텐데 고생 많으셨습니다."

"아닙니다. 군부대에서 만들어 준 지뢰 덕분에 쉬웠습니다."

"……지뢰요?"

"예, 이걸 써 보라며 주던데요?"

포수는 대한이 만든 지뢰를 꺼내 들어 보였다.

"어? 그걸 누가 줬습니까?"

포수의 뒤에서 보고를 하고 있던 이민수가 대신 답했다.

"그거 내가 선배한테 받아서 전달해 드렸다."

"아, 그러시구나. 쓸 만했습니까?"

포수가 고개를 끄덕이며 말했다.

"어유, 이런 것 있었으면 진작에 쓸 걸 그랬습니다. 이놈들이 저희가 지나간 길로 지나가면 찾기가 굉장히 힘든데 지뢰를 설치하면서 가다 보니 빈틈없이 수색할 수 있었습니다. 소리도 커서 터지자마자 사냥개들이 바로 뛰어가고요."

오.

이런 순 기능이 있었을 줄이야.

그저 적의 침입을 막기 위해 만든 건데 이걸 이렇게 사회에서 쓰는 걸 보니 감회가 남달랐다.

대한이 흐뭇하게 웃으며 말했다.

"어디서 제작했는지 알려 드리겠습니다. 요긴하게 쓰셨으면 좋겠습니다."

"포수들에게 알려 주고 제대로 전파할 예정입니다."

이민수가 대한에게 다가와 말했다.

"사령관님께도 보고드렸다. 네가 만든 비살상지뢰 덕분에 멧돼지 소탕을 할 수 있었다고."

"비살상지뢰라…… 필요해서 급하게 대충 만든 건데 생각보다 뭔가 거창해진 것 같습니다."

"원래 대충 만들다 보면 걸작이 나오는 법이지. 그런 의미에서 사령관님이 제대로 제작해 보라고 하시더라."

"……설마 전군에 보급하실 생각이십니까?"

"그런 것까진 모르겠는데 대충 단가를 말씀드리니 괜찮은 것 같다고 한번 제대로 만들어 보라고 하시네."

흠.

가만 생각을 해 보니 생각보다 쓸모는 있을 것 같았다.

설치하는 데 시간이 많이 걸리는 것도 아니고 들고 다니는 것에 있어 소지자들이 스트레스를 받는 것도 아니었으니까.

'실물 지뢰를 매설하는 인원들은 상당한 스트레스를 받는다고 했지.'

당장 본인의 손에 목숨을 빼앗을 위력이 담긴 폭탄이 있다?

상상하는 것만으로도 정신적인 스트레스가 상당했다.

하지만 이 지뢰는 비살상용.

절대 사람이 죽을 수 없는 위력이었다.

그렇기에 누구나 사용할 수 있었고 아무 곳에나 막 설치를 하더라도 경제적으로 전혀 부담이 되지 않는다.

'물론 써먹기 나름이겠지만.'

일단 보급품으로 만들어 놓는다면 창의적인 생각을 가진 누군가가 멋진 전술을 만들 수도 있을 터.

김현식은 그런 부분에 있어 약간의 투자를 하려는 것 같았다.

대한이 고개를 끄덕이며 말했다.

"제작했던 곳은 제가 알려 드리겠습니다."

"그걸 나한테 왜 알려 줘?"

"그럼 누가 제작합니까?"

"지뢰인데 공병이 해야지. 그리고 그중에서도 김 중위 네가 해야 하는 것이겠지?"

"아? 그럼 혹시 사령관님께서 절……."

"그럼 사령관님께서 아는 공병이 너 말고 또 누가 있어?"

"……저희 단장님도 있고 학교장님도 아시잖습니까."

"그 둘은 제외해야지. 이런 일은 위관급이 해야지 않겠어? 그래야 진급에도 도움이 되지."

아, 이 양반 비겁하게 팩트를 꺼내네.

근데 군 생활 동안 진급에 도움 안 되는 일이 뭐가 있나?

모든 훈련, 모든 업무.

전부 다 진급에 도움이 되는 일들뿐이었다.

하지만 거절할 순 없었다.

'계급 낮은 게 죄다.'

대한이 애써 웃으며 답했다.

"멋진 비살상지뢰를 만들어서 보고드리겠습니다."

"그래, 사령관님께서 기다리겠다고 전달해 달라 하시더라."

에휴, 내 팔자야.

대한이 속으로 한숨을 삼키며 고개를 끄덕였다.

그리고 박희재와 함께 부대로 복귀하는 차 안.

대한이 박희재에게 말했다.

"혹시 새로운 보급품에 대해서 제안해 보신 경험 있으십니까?"

"아니."

박희재는 이민수의 말을 듣고 난 뒤부터 대한의 말에 대충 대답하는 중이었다.

혹시나 불똥이 튀어서 본인이 고생할까 봐 그러는 것이겠지.

대한이 박희재를 빤히 쳐다보며 말했다.

"단장님."

"왜."

"자꾸 이러실 겁니까? 저희 다시 1년을 함께하게 됐는데."

"뭘 자꾸 이래?"

"안 두려우십니까?"

"……."

몇 년간 대한을 경험해 본 박희재였다.

대한의 협박이 아주 제대로 먹힐 사람이란 것.

박희재가 자세를 고쳐 앉으며 말했다.

"치사하게 그런 걸로 협박을 해?"

"그러게 좋게 좋게 굴러갔으면 됐지 않았겠습니까."

"야, 근데 그 부분은 내가 도와주고 싶어도 좀 힘들다. 전혀 모르는 분야야. 보급품을 써 보기만 했지 내가 제안할 생각은 전혀 안 해 봤다고."

"주변에도 없으십니까?"

"없지. 우리 땐 그냥 있는 거나 제대로 잘 쓰면 다행이었으니까."

지금도 매년 바뀌는 군대인데 박희재가 군 생활하던 과거는 어땠는지 상상도 가질 않았다.

'월급도 현금으로 받고 매달 담배도 나오던 시절이잖아.'

백지장도 맞들면 낫다고.

박희재가 큰 도움이 안 될 걸 알고 있었다.

그래도 조금은 도움이 될 줄 알았건만 지금 보니 종이가 아닌 파지였다.

'대령이 짐이 되는 분야라니.'

이런 것만 계속하던 군인이 아니라면 그 어떤 군인에게 물어도 고만고만할 듯했다.

잠시 고민하던 대한은 이내 도움받는 걸 포기했다.

그리고 차를 돌려 곧장 영천 시내로 향했다.

박희재가 놀라며 물었다.

"지금 어디 가나?"

"단장님의 도움이 필요한 곳으로 가고 있습니다."

"내 도움?"

"예. 아, 가서 딱히 뭘 안 하셔도 됩니다. 그냥 가만히 서 계셔 주시기만 하면 됩니다. 저한테는 지금 단장님의 중후한 외모와 계급장이 필요해서 말입니다."

"흠…… 일단 알겠다."

가만히 있는 건 또 자신의 전문 분야 아니겠는가.

그래서 일단 별소리 안 하고 따라갔다.

그렇게 한참을 달려 도착한 곳은 전혀 의외의 곳이었다.

그곳은 대한이 비살상용지뢰 제작을 의뢰했던 업체였는데, 업체 간판을 본 박희재가 미간을 좁히며 대한에게 물었다.

"대한아, 여긴 마크사 아니냐?"

"예, 맞습니다."

"여기에서 내 도움이 필요하다고?"

"예, 그렇습니다."

박희재가 고개를 갸웃하며 차에서 내린다.

약간의 불안한 표정과 함께.

박희재가 물었다.

"너 설마 여기서 지뢰 만들었냐?"

"예, 군대 만물상 같은 곳이지 않습니까. 그냥 물어봤는데 가능하다고 해서 바로 제작 맡겼습니다."

"만물상이라…… 틀린 말은 아니네."

군대 관련 물품은 없는 것이 없는 곳이다.

동네마다 다르긴 하겠지만 어떤 곳은 전투복도 파는 곳이 있다고 했다.

'총이랑 총알 안 파는 게 이상한 곳이지.'

대한이 박희재와 함께 마크사로 들어가자 사장이 대한을 크게 반겼다.

"이게 누구야. 우리 김 중위님 아니야?"

"하하, 잘 지내셨습니까?"

"아유, 덕분에 아주 잘 지냈지. 그래, 이번엔 뭐가 필요합니까?"

사장의 반응에 박희재가 조용히 물었다.

"너 도대체 여기서 뭘 했길래 사장님이 이렇게 반겨?"

"제가 여기 VVIP입니다."

"VVIP?"

"예, 제가 결제를 좀 시원하게 해서 그렇습니다."

많이 시원하긴 했다.

다만 그 이유가 시간이 촉박해서 웃돈을 얹어 줘서 그런 거지만.

물론 박희재에겐 딱히 설명하지 않았다.

대한이 사장에게 말했다.

"저번에 만들어 주셨던 지뢰가 반응이 좋아서 추가적으로 제작을 좀 부탁드리려고 합니다."

"아, 그래? 그럼 나야 좋지!"

사장의 입장에서는 대환영이었다.

만들어 줬던 것이 반응 좋았던 걸 보면 이번 의뢰는 더욱 큰 의뢰일 터.

시원하게 한몫 챙길 거라 생각하는 듯했다.

대한이 박희재를 가리키며 말했다.

"근데 저번이랑은 좀 다르게 만들 예정입니다. 보시다시피 군의 관심이 커졌거든요."

"저분은 누구……."

"작전사령부 소속 대령이십니다. 사령관님께서 직접 지시하신 사항이라 저 혼자 올 수가 없어서 동행했습니다."

절대 거짓말은 하지 않았다.

실제로 작전사 직할 부대인 공병단이었기에 작전사 소속이 맞았으니까. 그리고 김현식이 직접 지시한 것도 맞지 않나.

물론 자세한 설명이 생략되긴 했지만 사장의 반응을 변화시키는 목적은 이루었다.

사장이 놀라며 물었다.

"누, 누가? 사령관? 설마 포스타 말하는 거 맞아요?"

"예, 이번에 저희가 사령관님께 직접 보고드리는 훈련을 진행했는데 그때 만들어 준 지뢰가 큰 역할을 했습니다."

"아…… 그, 그렇구나."

본인이 돈을 많이 받았다는 것이 양심에 찔리는지 대한의 눈을 똑바로 쳐다보지 못했다.

그럴만했다.

시간이 촉박해서 부르는 값의 2배를 쳐줬으니까.

대한이 그에게 다가가 말했다.

"그래서 말인데 이번엔 모양을 좀 바꾸어서 만들어 보려고 하는데 가능하시겠죠?"

"……어떤 모양인데?"

"콩 같은 모양?"

"콩?"

"예, 지금 생각해 보니 땅을 파서 심을 필요도 없을 것 같아서 그렇습니다."

"흠…… 그럼 지뢰가 아니지 않나?"

"폭음탄 정도로 생각해 주시면 될 것 같습니다."

"들어 보니 내가 완전품을 제작해야 하는 것 같은데…… 난 폭탄을 넣는 건 못해."

못해? 세상에 못 하는 게 어디 있어.

대한이 씨익 웃으며 말했다.

"깜빡하고 말씀을 안 드린 게 있네요. 이거 잘만 만드시면 전군에 납품하시게 될 겁니다. 못 만든다고 하신다면 전 다른 곳으로 가 봐야겠네요. 그럼……."

사장이 등을 돌리는 대한의 손을 다급하게 잡으며 말했다.

"자, 잠깐! 아직 내 말이 안 끝났잖아. 나는 못 하지만 전문가를 알고 있어. 그러니 내가 한번 진행해 볼게."

"그럼 사장님한테 자세하게 설명을 드려도 되겠네요?"

"그럼! 나한테 말해. 영천에서 나보다 발 넓은 놈도 없어! 나한테 말하면 어떻게든 만들어 줄 수 있어."

"제가 대단한 분이랑 거래를 텄네요. 알겠습니다. 일단 앉으시죠."

대한이 사장의 앞에 앉아 새로 만들 비살상지뢰에 대해 설명을 시작했다.

그림까지 그려 준 뒤 설명을 마치고는 사장에게 물었다.

"가능하시겠죠?"

"……해 봐야 할 것 같아. 최선을 다해 볼게."

"사장님의 최선이라면 좋은 결과 기대해도 되겠네요. 믿겠습니다."

대한은 그에게 응원을 해 준 뒤 그대로 마크사를 나왔다.

마크사를 나옴과 동시에 박희재가 대한에게 말했다.

"능구렁이 같은 놈…… 딱히 거짓말을 한 것도 아닌데 어떻게 사람을 저렇게 구워삶나?"

"제 진심이 사장님께 닿은 것 아니겠습니까?"

"나도 저런 모습이었을 거라 생각하니 피곤해지는구나. 얼른 복귀하자."

저런 모습이라…….

아마 더 심하지 않았을까?

대한이 웃으며 답했다.

"예, 알겠습니다. 얼른 부대로 모시겠습니다."

"그나저나 기존의 것과는 다르게 만드는 것 같던데?"

"예, 기존처럼 만들 생각을 했는데 그렇게 만들어 버리면 산에 쓰레기가 엄청날 것 같습니다."

"플라스틱이라?"

"예, 실제 지뢰라면 어떤 것으로 만들어도 상관이 없겠지만 이건 비살상용이지 않습니까. 마음껏 쓰려면 환경도 생각해야 할 것 같았습니다."

박희재가 대한을 징그럽다는 듯 바라보며 말했다.

"중위가 나도 안 하는 생각을 하네……."

전생이 없었다면 대한 또한 이런 문제를 떠올릴 순 없었을 것이다.

'내가 중대장 때 산에 버려진 쓰레기를 얼마나 주우러 다녔는데.'

2차 중대장 당시 부대의 주 훈련장이었던 산 하나가 수많은 훈련을 겪고 쓰레기장에 가까운 상태가 된 적이 있다.

그 결과, 동네 주민들과 산악인분들의 엄청난 민원으로 몇 달간 산림 정화 작전을 펼쳤는데 대한은 그 일을 또 겪고 싶지 않았다.

'군 생활 난이도를 직접 올릴 순 없지.'

군 생활은 예방 또 예방 아니겠는가.

대한이 전생의 기억을 털어 내며 말했다.

"하하, 그냥 갑자기 든 생각이었습니다. 출발하겠습니다."

✖

그로부터 며칠 뒤.

마크사 사장의 연락이 왔다.

대한이 기다렸다는 듯 전화를 받았다.

"예, 사장님."

─김 중위! 나 부대 앞이야!

"예? 여기까진 어쩐 일로……."

─샘플 만들었으니까 한번 확인해 보라고 가지고 왔지.

"역시, 사장님의 최선이라면 해내실 줄 알았습니다."

─하하, 나도 해낼 줄 몰랐는데 우리 김 중위님 덕분에 완성시킨 것 같아.

"제가 뭘 했다고…… 일단 바로 통과시켜 드리겠습니다. 길따라 쭉 올라오십쇼."

대한은 전화를 끊자마자 위병소로 전화해 사장을 통과시켰다.

이내 사장의 차가 단 막사 앞에 멈춰 섰고 대한이 기대를 잔뜩 안은 채 차량으로 다가갔다.

사장의 어깨가 잔뜩 올라가 있는 걸 보니 대한이 원하는 모든 걸 충족한 모양.

사장이 재빠르게 내려 봉투 하나를 건넸다.

"확인해 봐. 말해 준 대로 다 만들었어."

대한은 그대로 봉투에 담긴 비살상용지뢰를 꺼내 보았다.

크기는 알사탕 정도.

폭탄을 둘러싸고 있는 포장지는 숲과 잘 동화될 수 있도록 초록색이었다.

그리고 가장 중요한 재질.

환경도 생각하고 전술적인 활용도 생각한 종이로 포장이 되어 있었다.

'일단 외관은 만족스럽다.'

이제 비살상용지뢰의 역할을 할 수 있는지가 중요했다.

대한이 바닥에 지뢰 하나를 던져 놓고는 바로 발로 밟았다.

펑!

콩알탄보다 커진 크기라 소리도 괜찮았다.

대한이 고개를 끄덕이며 말했다.

"일단 여기까진 합격이네요."

"그렇지? 고민 많이 했다니까."

"이제 마지막 테스트가 남았네요. 잠시만요."

대한이 막사 입구에 있는 전투화 세척장으로 이동했다.

그리고 사장이 만들어 온 지뢰 하나를 물에 적셨다.

완전히 다 젖은 걸 확인하고는 다시 바닥에 던져 그대로 밟았다.

콰직.

이전과 같은 폭음은 전혀 들리지 않았다.

외관 확인부터 평시 성능과 우천시 성능까지 확인한 대한이 사장을 향해 박수를 쳐 주었다.

"기가 막힙니다."

"하하, 그래. 몇 개나 필요한가?"

"몇 개를 말하기 전에…… 제가 사장님이 이걸 만든 기술력은 인정하겠습니다. 대신 군에 납품하는 것이니 양심은 지켜 주십쇼."

대한의 말에 사장의 침을 꼴깍였다.

대한과 사장에게 가장 중요한 부분이 아니겠나.

'내 주머니에서 나가는 것도 아니고 국민들 혈세에서 나가는 건데 최대한 아껴야지.'

사장을 생각해 주고 싶었지만 그럴 수 있는 상황이 아니었다.

대한이 사장의 입장에 서는 순간부터 이 거래는 비리가 될 테니.

'안 그래도 군납 관련한 말이 끊이지 않는데 나까지 그럴 순 없지.'

사장이 잠시 생각하더니 이내 입을 열었다.

"원가는 김 중위도 봤잖아."

"예. 직접 적어 주셨으니까요."

"김 중위가 이거 잘 써 줄 거라 믿고 하나당 백 원씩만 남기겠네."

"하나당 백 원?"

대한이 빠르게 머리를 굴려 보았다.

'대충 10만 개를 기준으로 잡아 보면 천만 원 벌 수 있는 거잖아?'

대한은 본인이 계산을 잘못했나 싶어 휴대폰을 꺼내 계산기를 두드렸다.

이내 사장이 가져갈 수익을 확인하고는 물었다.

"그건 너무 적은 것 아닙니까? 기술력은 물론이고 인건비도 챙기셔야죠."

"하하, 이 지뢰가 몇 개 정도 들어갈 거라 생각한 건가?"

"10만 개 정도?"

"난 100만 개를 생각했어. 그럼 100원만 남아도 괜찮잖아?"

100만 개를 납품하면 일억을 남길 수 있었다.

물론 그렇게 따지면 100원도 괜찮지.

하지만 이걸 100만 개나 납품할 수 있냐 말이다.

멀쩡히 잘 살고 있던 사장의 마음만 들쑤신 게 아닌가 생각이 들던 그때.

사장이 대한에게 말했다.

"사실 크게 납품 못 해도 괜찮아."

장사하는 사람이 무슨 말도 안 되는 소리야?

설마 감성 작전인가?

내 마음을 약하게 만들어 가격을 올리려는?

대한이 고개를 갸웃거리자 사장이 말을 이었다.

"내가 서른 살쯤에 마크사를 처음 시작해서 마크사 밥만 30년을 넘게 넘었어. 마크사를 그만큼 하면서 군인들한테 많은 것들을 만들어 줬는데 정식적으로 납품은 한 번도 못 해 봤더라고. 그래서 곰곰이 한번 생각해 봤는데 이건 내 꿈이었기도 해. 장사 접을 땐 접더라도 납품은 한번 해 봐야 하는. 근데 꿈에 어떻게 마진을 세게 붙이겠어?"

사장의 말을 들은 대한의 표정이 깊어졌다.

그런 생각을 하고 계셨을 줄이야.

얼마간 생각하던 대한이 이내 입을 열었다.

"스쳐가는 인연일 수 있었는데 사장님께서 이렇게까지 진심이시라면 저도 성의 표시는 해야죠. 사령관님께 보고드리고 허락이 떨어진다면 제가 사장님 노후는 확실히 보장할 수 있도록 잘 써먹어 보겠습니다."

"하하, 그래 주면 고맙긴 하지만 무리 안 해도 되네."

"사장님의 꿈 때문에 이익을 많이 안 남기신다고 들었는데 어떻게 가만히 있겠습니까. 좋은 꿈이 되도록 만들어 드려야죠."

크기와 상관없이 의리는 무조건 지킨다.

대한의 머릿속에서 나온 아이디어이긴 했다.

하지만 그걸 실제로 구현하는 건 상당히 힘든 일이었다.

콩알탄 만들던 기계를 구해 기존의 들어가는 재료와 호환이 되는 다른 재료를 투입해 만든 것이다.

이 모든 노력을 사장이 해야 했던 것.

'이 비살상용지뢰로 군인의 생명을 하나라도 구한다면 천만 원이고 일억이고 상관없지.'

그리고 이제는 대한이 이걸 잘 사용할 전술을 생각해 내야

했다.

물론 혼자선 아니었다.

군에는 유능한 사람들이 많았고 그들과 머리를 맞댄다면 충분히 훌륭한 전술을 만들 수 있을 터.

대한의 말을 들은 사장이 머쓱해하며 말했다.

"좋은 꿈이라…… 생각만 해도 좋긴 하네."

"오늘 중으로 사령관님께 보고드리고 다시 연락드리겠습니다."

"그려, 고생하고 가서 쉬고 있을게."

사장은 그대로 부대를 벗어났다.

대한은 그의 뒷모습을 끝까지 지켜본 후 그제야 봉지를 가지고 단장실로 향했다.

Chapter 3

단장실에 도착한 대한은 바로 박희재에게 비살상용지뢰에 대해 설명했다.

그러자 박희재가 신기하다는 듯 말했다.

"이런 게 뚝딱 만들어지는 것이었구나."

"주문만 제대로 하면 알아서 다 만들어 줍니다. 다들 프로잖습니까."

"그렇지. 장사하는 분들 다 대단한 분들이야. 이거 지금 보고드릴거냐?"

"예, 근데 어떤 식으로 보고드릴지 고민입니다."

"그냥 연락드리면 되잖아."

"그래도 직접 보시는 게 훨씬 좋지 않겠습니까?"

말로만 설명해도 다 알아들을 양반이었지만 직접 보는 건 또 다르지.

게다가 이런 건 직접 보여 줘야 임팩트 있고 간지도 나지 않겠나.

박희재가 공감한다는 듯 고개를 끄덕이며 답했다.

"먼저 연락드려 보고 사령부에 계시면 금방 다녀오너라."

"같이 안 가십니까?"

"나는 왜?"

"그래도 사령부에 가는 건데 중위 혼자 가는 건 그림이 좀 이상하지 않습니까?"

"……그런가?"

박희재는 뭔지 모를 불안감에 대답을 망설였으나 이내 자리에서 일어나며 말했다.

"그래, 내 새끼 멋진 일하러 가는데 박수 쳐 주러 가야지. 가자."

대한이 씨익 웃으며 차량을 준비했고 두 사람은 곧장 작전사령부로 이동했다.

그리고 두 사람은 곧 후회했다.

'회의 중이었으면 나중에 부르지.'

오라고 해서 왔는데 사령관 주관 회의 중이었다.

그래서 평소보다 더 각 잡힌 자세로 소파에 앉아 있었다.

그나마 다행인 건 정식적인 일정은 아니었다는 것.

사령관의 정식 일정에 포함될 만한 회의였다면 집무실에서 할 순 없었을 테니까.

　훨씬 더 많은 사람들이 참석해야 했기에 거대한 회의실에서 모여 있었을 것이다.

　집무실에는 김현식을 비롯한 2작전사령부의 지휘부 부사령관을 시작으로 참모장, 주임원사가 모두 위치해 있었다.

　김현식이 각 잡고 앉아 있는 대한을 향해 말했다.

　"부사령관이랑 참모장은 처음 보지?"

　"예, 그렇습니다!"

　"편하게 있어도 돼. 다 좋은 사람들이야."

　편하게 있으란다고 편하게 있으면 미친놈 아니겠나.

　하지만 대한은 미친놈 쪽에 가까웠다.

　직각을 유지하던 허리를 살짝 숙이고는 답했다.

　"예, 알겠습니다."

　대한의 행동에 지휘부들이 일제히 웃음을 터트렸다.

　김현식이 웃으며 말했다.

　"사단장들보다 낫다니까. 편하게 이야기해야 제대로 대화가 되지 않겠어?"

　"예, 그렇습니다."

　"그래, 기존 지뢰랑 다르게 만들어 봤다고?"

　대한이 옆에 내려 두었던 봉투를 들어 내용물을 책상에 꺼내 놓으며 말했다.

"기존의 지뢰는 비용도 크고 다 수작업으로 만들었어야 해서 제작 기간도 길었습니다. 하지만 이번 지뢰는 기계를 이용해 찍어 내기만 하면 되는 것이고 대량 생산도 가능합니다."

"흠, 이게 지뢰라고?"

"지뢰라고 말씀드리곤 있지만 비살상용입니다. 그래서 명칭은 차후 새로 정해야 할 것으로 판단됩니다."

김현식이 대한이 만들어 온 비살상용지뢰를 손으로 집어 들었다.

"색 선정도 그렇고 재료 선정도 그렇고…… 고민을 많이 했구나?"

"예, 그렇습니다. 산지가 많은 지형 특성에 맞춘 물자입니다."

"근데 재료는 왜 이런 종이 같은 걸 택했지? 내구성이 떨어지지 않나?"

"내구성이 떨어지라고 만든 것입니다."

"응? 왜지?"

"제가 생각한 사용법은 살포식입니다. 그냥 이동 중 뿌리는 형식으로 설치에 시간을 들이지 않기 위함입니다. 그렇기에 어디 뿌려진 것인지 확인도 불가능합니다. 이를 대비해서 며칠이 지나거나 비가 내린 뒷면 살포해 두었던 것들이 위력을 잃을 수 있도록 만들어 봤습니다."

지뢰의 가장 큰 문제가 회수였다.

설치를 한 뒤 시간이 지나면 폭우나 산사태로 인해 유실이 되는 경우가 허다했다.

살상력은 전혀 없지만 이런 것이 망가지지 않고 계속 남아 있다면 차후 훈련이나 작전 간 걸림돌이 될 터.

대한의 말을 들은 김현식이 지휘부들을 보며 입꼬리를 올렸다.

"어때? 내가 따로 보고받을 만하지?"

그러자 부사령관 권경욱 소장이 말했다.

"제가 생각이 짧았습니다."

"아니야, 나도 김 중위를 못 봤고 부사령관 위치에 있었다면 사령관한테 똑같이 이야기했을 거야."

권경욱이 옅은 미소를 흘리며 대한에게 말했다.

"그냥 서면보고만 받으시라 했거든. 알다시피 사령관님께서 많이 바쁘시잖냐. 계급만 보고 무시해서 미안하다."

"아닙니다. 저한테 미안해하실 필요 없습니다. 저 또한 그렇게 생각했을 것 같습니다."

"하하, 자네도 그렇게 생각하면 어떻게 하나? 자네는 그렇게 생각하면 안 되잖아. 젊은 군인이 벌써부터 그렇게 편견을 가지면 안 돼."

"알겠습니다. 편견 절대 안 가지겠습니다."

대한이 바로 대답하자 지휘부 사람들이 또 한바탕 웃었다.

밝아진 분위기에 김현식이 미소를 띤 채 말했다.

"김 중위한테 지뢰 제작을 맡겼다고 했을 때랑 반응이 너무 다른데? 이상한 짓 좀 하지 말라고 그렇게 뭐라고 하더니……."

권경욱이 어색하게 웃으며 답했다.

"하하…… 안 그래도 바쁘신데 결과가 별로 안 좋아 보이는 일에 신경을 쓰시니 걱정이 되었던 것뿐입니다. 이렇게 창의적이게 무언갈 만들어 올 줄 알았다면 반대하지 않았을 겁니다. 다 제 불찰입니다."

"뭐라고 하려고 한 말은 아닐세. 그냥 웃자고 한 말이니 신경 쓰지 말게."

꼽준 거 맞으면서 아닌 척 하기는.

김현식이 대한에게 시선을 옮기며 물었다.

"그나저나 내가 원했던 거랑 다르게 들고 온 걸 보면 이걸 어떻게 써먹을지 다 생각을 해 왔다는 것이겠지?"

당연히 해 왔다.

문제는 이 자리에 있는 사람들이 긍정적으로 받아들이느냐였다.

이들이 아무리 꼬장꼬장해 보여도 프로는 프로,

다년간의 경험으로 어떻게든 흠을 찾으려고 노력할 것이다.

그래서 박희재를 데려온 것이다.

대한이 박희재를 가리키며 말했다.

"공병단장이랑 같이 고민해서 큰 틀은 세워 놨습니다."

"단장도 여기 참여한 거야?"

"예, 그렇습니다."

대한의 대답으로 테이블에 놓인 비살상용지뢰에 대한 신뢰가 더욱 올라갔다.

반면, 김현식을 제외한 지휘부의 머릿속에서는 대한의 대단함이 조금은 줄어들었다.

대한을 보는 눈빛에서 그런 것이 다 느껴졌지만 전혀 아쉽지 않았다.

'내 공을 넘김과 동시에 일도 떠넘길 수 있으니까.'

박희재는 당황스러운 표정을 지으며 대한을 바라봤다.

여기서 내 이름이 왜 나와?

하지만 대한은 그의 눈빛을 무시했고 박희재가 한숨을 삼키며 말했다.

"······제가 조언을 해 주었습니다."

"자네 같은 사람이 조언을 했으니 지뢰의 형태가 바뀐 것이구만. 그래, 어떤 틀을 세웠는지 말해 봐라."

"······대한아?"

박희재가 애처로운 눈빛으로 대한을 부르자 대한은 기다렸다는 듯이 몸을 앞으로 당겼다.

박희재의 역할은 이 정도면 충분하니까.

대한이 재빠르게 답했다.

"형태가 바뀐 배경에 대해 먼저 설명드리겠습니다. 우리 군이 보유하고 있는 지뢰들은 대부분 설치가 힘듭니다. 주변의 경계도 확보가 되어야 하고 설치 과정에서 한 치의 실수도 용납하지 않기에 속도를 낼 수가 없습니다. 이런 리스크를 지닌 지뢰를 계속 사용하는 이유는 그만큼 전술적으로 뛰어나기 때문이라 생각했습니다."

"흠, 두 사람이 생각했던 지뢰의 전술적인 역할은 뭐지?"

"경계가 확보되지 않는 곳에 경계를 확보한다든지, 적의 빈틈을 노려 큰 피해를 입힐 수 있는 수단으로서 역할을 한다고 생각했습니다."

김현식이 고개를 끄덕였다.

"우리가 생각하는 부분이랑 같네. 계속해 봐."

"예, 단장과 저는 적의 빈틈을 노리는 역할을 제외하자는 결론을 세웠습니다."

"왜지? 그렇게 큰 역할을 제외한다면 군수품으로 가치를 가지나?"

"아군의 생존성 확보에 중점을 두고 세부적인 전술이 추가가된다면 충분히 군수품으로서의 가치가 확보될 거라 판단했습니다."

"생존성이라…… 살상력만큼 중요한 부분이기도 하지."

아직까지는 적에게 얼마나 피해를 줄 수 있냐가 중요한 시대였다.

하지만 몇 년 지나지 않아 군인의 숫자가 급격히 줄어드는 시대가 온다.

그때는 군인 한 명, 한 명이 너무나도 소중한 상황.

군의 최고 수뇌부 중 하나인 김현식은 그 미래를 어느 정도 예상하고 있을 것 같았다.

그러니 생존성이라는 말에 크게 관심을 가지는 것이겠지.

대한이 고개를 끄덕이며 말을 이었다.

"아군이 전진하며 후방과 측방에 이 지뢰를 살포해 둔다면 적의 우회 공격이나 기습에 있어 더 빠른 대처를 할 수 있을 겁니다. 그리고 더 나아가 주둔지에게 적의 습격을 훨씬 더 미리 알릴 수 있는 수단이 될 것입니다."

"이 장난감 같은 것이 그렇게 된다 이거지?"

"예, 그렇습니다."

김현식이 권경욱에게 물었다.

"특전사에 오래 몸담은 사람으로서 어떻게 생각하나?"

"창의적인 군수품이긴 하나…… 실전에서 큰 효과를 볼 수 있을지에 대해서는 확실히 말씀드릴 수 없을 것 같습니다."

"흠, 그래?"

"예, 김 중위의 말만 들었을 때는 적의 습격을 미리 알 수 있을 것처럼 들리지만 어느 정도 거리에서 들릴지도 모르잖습니까? 만약 적 사정거리 내에서만 들린다면 오히려 적들의 경계심만 늘려 아군을 위험에 빠뜨리는 꼴이 될 겁니다."

오호, 그래도 특전사 출신이라 이거지?

내가 그 정도도 생각 안 하고 이걸 가지고 왔겠어?

'역시 타 병과 무시가 일상이라니까.'

대한이 은은하게 미소를 지으며 말했다.

"그러니 상황 판단을 잘하는 지휘관이 필요하다고 생각합니다."

대한의 말에 권경욱이 당연하다는 듯 고개를 끄덕였다.

"그렇지."

그러기도 잠시.

권경욱이 고개를 갸웃거리며 말했다.

"……뭐?"

"그렇잖습니까? 적의 습격이 예상되는 상황에 투입해야 하는 경우 지뢰의 소리를 명확히 들을 수 있는 상황을 알려 주고 주의하라고 당부를 한다면 이 지뢰로 인해 적이 유리해지는 경우는 없을 거라 생각됩니다."

반대는 누구나 할 수 있다.

하지만 반대도 제안한 사람을 봐 가면서 해야 하지 않겠나.

권경욱은 괜히 말을 꺼냈다가 능력 없는 지휘관이 된 꼴이었다.

'나도 이렇게까지 할 생각은 없었는데…… 지금 이렇게 이야기하지 않는다면 대화 내내 끌려다닐 것 같단 말이지.'

권경욱이 한껏 진지해진 표정으로 물었다.

"혹시 나한테 하는 말인가?"

그의 말에 김현식이 신난 듯 웃음을 터트렸다.

"하하! 안 좋은 점부터 생각하지 말라는 거지. 쓸모 있는 부분이 있다면 그것에 집중을 해야 발전이 이루어지지 않겠어?"

"그건 그렇지만……."

"계급 때문에 말의 무게가 좀 없어 보이긴 해도 행동 하나하나 깊게 생각하고 움직이는 놈이야. 계급 생각하지 말고 우리랑 같은 급이라 생각하고 대화하면 이런 일 없을 거다."

권경욱이 조용히 고개를 끄덕이더니 대한을 바라보며 말했다.

"……지침을 내려야 하는 상황들이 매번 다를 텐데 그때마다 지휘관들이 최적의 선택을 할 거라 생각하는 건가?"

현장에서 책임자의 판단도 중요하지만 대한이 강조한 건 지휘관의 능력이었다.

권경욱은 대한에게 지휘관들을 다 믿을 수 있냐고 묻는 것.

그래서 자신 있게 답했다.

"그건 아닙니다."

"……응?"

권경욱이 어이없다는 듯 대한을 바라본다.

황당했다.

그도 그럴 것이 대한의 자신 있는 태도로 보아 지휘관들을 믿는다는 말이 나와야 할 것 같았으니까.

하지만 여기가 어떤 자리인데 빈말이라도 거짓말을 할 수 없진 않겠나.

이런데서 중요한 건 논리와 근거, 그리고 팩트다.

대한의 솔직한 대답에 집무실의 모두가 당황하자 김현식이 웃으며 물었다.

"크큭…… 본인 마음에 안 드는 지휘관들이 많은가 봐?"

"아닙니다. 전부 다 훌륭하신 지휘관 분들이라 생각합니다."

"단장은 좋겠네. 김 중위한테 인정을 받은 거 아니야?"

박희재가 흐뭇한 표정으로 답했다.

"지휘관들도 부하들에게 인정받을 수 있도록 최선을 다해야 한다고 생각합니다. 저도 최선을 다했고 인정을 받은 것 같습니다."

"계급이 높은 것이지 능력이 좋은 걸 증명하는 것은 아니니까. 그럼 훌륭한 지휘관들이지만 최선의 선택을 할 거라고 생각하지는 않는다?"

대한이 고개를 끄덕였다.

"예, 맞습니다. 그래서 일어날 수 있는 모든 상황을 정리해서 교범을 만들 생각입니다."

보기에는 하찮아 보이지만 어찌 됐든 군에 보급될 물자였다.

대한이 일일이 돌아다니면서 설명을 해 줄 수도 없는 노릇이었기에 교범은 필수였다.

물론 대한이 말을 하지 않았다면 만들지 않아도 되었을 것 같았다.

하지만 작전사 부사령관쯤 되는 인물이 부정적인 시선을 보였고 보급 계획을 성사시키려면 이 정도 품은 들여야 한다고 생각했다.

이건 애들 장난이 아니니까.

권경욱이 미간을 찌푸리며 물었다.

"교범을 만드는 게 쉬운 일이라고 생각하는 건 아니겠지?"

"예, 쉽다고 생각해서 말씀드린 게 아닙니다. 저 혼자서는 절대 못 만들 정도로 어려운 일이라고 생각합니다. 하지만 꼭 필요한 것이라 생각해서 말씀을 드린 것입니다."

"교범이 있다면 부대에 보급하고도 걱정할 필요는 없겠지. 그런데 자네 혼자서 만드는 것이 아니라면 누구와 만들 것인가?"

"공병단장과 합심해서 교범을 만들 예정이고 그 과정에서 각종 전문가들에게 조언을 들을 생각입니다."

집무실에 있는 모든 인원들이 고개를 돌려 박희재를 바라봤다.

박희재가 당황스러운 표정을 하는 것도 잠시.

"……마, 맞습니다."

대답 잘 한다!

그래, 여기서 당신이 밀리면 안 되지.

그러려고 당신을 데려온 건데.

물론 박희재가 눈앞의 장군들보다 경험이 많다고 할 순 없다.

하지만 공병 대령이지 않은가.

지뢰에 있어서는 포스타보다도 더 전문가가 맞았다.

권경욱이 고개를 끄덕이며 답했다.

"박 대령이 같이 만든다면 제대로 만들 수 있겠구만. 박 대령은 교육기관에 근무한 적이 있나?"

"교육기관에서는 교육만 받았었는데 이번에 처음으로 공병학교에서 근무를 하게 되었습니다."

"공병학교? 아, 혹시 부학교장 자리로 가는가?"

"예, 그렇습니다."

권경욱이 김현식을 보며 말했다.

"몇 년 동안 공석이었던 자리에 사람 보내도 되냐고 물어보신 게 박 대령 때문이셨습니까?"

"그래, 김 중위랑 같이 세트로 묶을 수도 있고 얼마나 좋아."

김현식은 대한과 박희재가 교범을 만든다는 말에 벌써부터 신이 난 것 같았다.

재미있겠지.

본인이 믿고 쓰는 부하들이 다른 부대로 가서도 제대로 된 일을 맡았으니까.

'그림을 크게 그리셨네.'

이렇게 된다면 대한도 김현식에게 보답을 할 수밖에 없었다.

대한이 김현식에게 말했다.

"저, 사령관님. 말이 나와서 그런데 조심스럽게 여쭤보고 싶은 것이 하나 있습니다."

"어, 말해라."

"군 전문가로서 교범 제작에 도움을 부탁드려도 되겠습니까?"

"······내가?"

"예, 군에서 가장 전문적인 군인이라 하면 육군에서 4명을 뽑을 수 있는데 그중 한 분이시지 않습니까."

"그, 그렇긴 한데······."

나한테 일 시킬 거면 당신도 일해야지.

대한이 김현식의 발목을 강하게 휘어잡았고 김현식은 보는 눈 때문이라도 대한의 손을 뿌리칠 수 없었다.

잠시 고민하던 김현식이 입을 열었다.

"지뢰 관련해서는 큰 도움을 줄 수 있을 것 같지는 않다만 후배들이 도와달라는데 힘닿는 대로 도와줘야지."

"감사합니다!"

"감사는 무슨······ 아, 부사령관이랑 참모장한테도 도움 받아. 여기 둘도 내가 인정하는 전문가니까."

이번엔 김현식의 물귀신 작전이었다.

'참모장은 몰라도 권경욱은 꼭 찾아가려 했는데 잘됐네.'

특전사 출신이라 거부감이 있긴 했지만 군에 권경욱만 한 전문가도 없었다.

대한과 박희재의 부족한 실전 경험을 확실히 충족시켜 줄 대단한 인물이었다.

대한이 권경욱에게 시선을 옮기자 권경욱이 피식 웃으며 말했다.

"사령관님, 저희가 다 참여할 거였다면 애초에 반대하지도 않았을 겁니다."

"나도 참여 안 하려고 했는데 김 중위가 참여하라잖아."

"거참…… 그나저나 이러면 결국 작전사에서 다 만드는 꼴이 되는 것 아닙니까?"

"우리의 경험이 얼마나 녹아들진 모르겠지만…… 상당 부분 우리가 만들겠지?"

"그럼 공병학교가 아니라 작전사에서 근무를 해야 하지 않겠습니까?"

아? 말이 그렇게 된다고?

하지만 네 뜻대로는 안 될 거다.

대한이 슬쩍 눈치를 보기도 잠시, 김현식이 고개를 내저었다.

"나도 많이 생각을 해 봤는데 그건 힘들어. 자네도 알잖아? EHCT 때문에라도 그건 힘들어."

"그럼 그 친구들을 작전사 직할로 만들면 되지 않겠습니까?"

"응?"

"어차피 계속 학교 기관 소속으로 놔두실 생각은 아니잖습니까? 교육이 끝나면 야전부대로 이동을 해야 할 텐데 그렇게 움직이면서 다닐 바에는 차라리 사령관님이 계시는 동안 작전사에 자리를 잡게 하는 게 좋을 것 같습니다."

어? 잠깐만.

이게 그렇게 된다고?

권경욱의 말에 반박은 힘들어 보였다.

그의 말에 틀린 점도 없었고 김현식이라면 EHCT 전원의 자리를 만드는 건 일도 아니었으니까.

'아, 설마.'

또 보직이 바뀐다고?

서명한 지 얼마나 됐는데?

대한이 불안한 표정으로 김현식을 바라봤다.

그러자 김현식도 대한의 눈빛을 읽었는지 깊게 고민하고는 고개를 저었다.

"아니야, 사령부에 있으면 제대로 준비할 시간이 없을 거야. 내실을 제대로 다져야 하는 시기인데 작전사에 있다가는 여기저기 불려 다니기 바쁘지 않겠어?"

"흠…… 주목받기 시작하는 부대니 옆에 있으면 계속 쓰려고 할 것 같긴 합니다."

"그래, 괜히 애들만 더 피곤해져."

"예, 맞습니다. 그런데 그 인원들 교육이 끝나면 어떻게 할 생각이십니까?"

이는 대한도 궁금했던 내용이었다.

김현식이 육본 소속으로 두면서 파견을 보내 준다고 했지만 그건 김현식이 참모차장으로 있을 때나 했던 소리다.

지금은 상황이 완전 바뀐 상황.

김현식이 궁금한 티를 내고 있는 대한에게 고개를 돌렸다.

"네가 데리고 있는 게 제일 좋겠지?"

"전 상관없습니다."

진심이었다.

대한도 남들과 같은 군 생활을 하긴 해야 했다.

진급에 있어 필수 보직이라는 것들이 있었기에 계속 특이한 보직만 맡을 순 없었다.

그리고 가장 중요한 건.

'좀 편하게 군 생활 해 보자.'

진급과 전혀 관련이 없는 계급이었지만 매년 진급 시즌처럼 일을 하고 있다.

인정을 받는다는 건 좋은 일이지만 그것도 타이밍이 중요했다.

일단 2차 중대장이 끝날 때까지는 조용히 있고 싶었다.

김현식은 대한이 마음속으로 간절히 바라는 것도 모른 채 시원하게 답했다.

"그럼 네가 계속 데리고 있으면 되겠네. 기존에 방법으로 계속 따라다니게 해 주마."

김현식의 힘이 미치지 않을까 걱정하는 건 멍청한 일이었다.

적어도 육군 내에서는 그의 힘이 미치지 않을 곳은 없었으니까.

'전역을 하더라도 후배들이 알아서 본인의 뜻을 실행시켜 주겠지.'

권경욱은 물론 그를 따랐던 많은 후배들이 있었다.

그들 모두 김현식을 잘 따르는 것처럼 보였고 EHCT 팀을 대한에게 붙여 놓는 건 장군들에게 그리 어려운 일은 아니었다.

대한이 감정 없이 미소를 지으며 답했다.

"하하…… 예, 알겠습니다."

"네가 공병학교가 아닌 다른 부대로 갈 시기에는 내가 군복을 입지 않고 있을 수도 있으니 너 나름대로 그림을 잘 그려 보거라. 그리고 그때가 된다면 너한테 다가오는 놈이 생길 거다. 그놈이랑 잘 이야기해 봐."

하긴.

지금도 러브콜이 쏟아지는데 그때라고 다를까.

그렇게 생각하니 기대가 됐다.

'이왕이면 투스타 정도가 제일 적당할 것 같은데.'

사령관이나 군단장급은 너무 부담이었다.

대한이 고개를 끄덕이자 회의를 마무리하기 시작했다.

"이걸 만든 분에게 군 협력 업체 등록부터 하라고 해라. 공고를 낼 테니까 정식 납품하는 것으로 하자. 몇 개 정도 있으면 되겠냐?"

"전 군에 납품할 분량이라 생각하면 최소한 100만 개 정도는 있어야 하지 않겠습니까?"

대한은 김현식의 질문을 대비했다.

'여기선 꼼꼼하게 따지겠지.'

부대에서 작전사로 출발할 때부터 이 상황만 대비했다.

여기서 100만 개가 필요한 이유를 설명하지 못한다면 1만 개도 힘들 터.

하지만 놀랍게도 김현식은 대한에게 자세한 설명을 요구하지 않았다.

"가능하지?"

"시간이 문제지 제작은 문제없습니다."

"오케이, 그럼 초기 물량은 그 정도로 잡고 공고를 내마. 잘 이야기해서 차질 없이 보급될 수 있도록 해."

"예, 알겠습니다!"

김현식은 대한이 생각 없이 개수를 정하지 않았다고 확신했다.

그래서 시원하게 허락해 주었다.

기분이 좋다.

이러니 후배들이 많이 믿고 따르는 거겠지.

'멋진 사람이야 참.'

믿어 줄 땐 확실히 믿어준다.

상급자로서 가져야 할 중요한 자세 아니겠나.

김현식이 먼저 자리에서 일어나며 말했다.

"다들 회의하느라 고생 많았다. 슬슬 각자 업무하러 돌아가 봐. 아, 공병단은 5분만 더 이야기하자."

그의 말에 작전사 지휘부들이 짐을 챙겨 자리에서 일어났다.

권경욱이 대한의 옆을 지나갈 때 대한의 어깨를 두드려 주며 말했다.

"고생했다. 교범 만들 때 연락해라."

"예, 부사령관님. 고생하셨습니다."

따로 이야기를 해 보지 않아서 확실하지는 않지만 그도 대한을 마음에 들어 하는 것 같았다.

지휘부들이 떠나자 김현식이 대한에게 물었다.

"부대이동 얼마 안 남았는데 뭐 필요한 거 있으면 말해라."

그 나름 보상을 주려고 일부러 남긴 것 같았다.

대한이 잠시 고민하더니 이내 웃으며 답했다.

"아닙니다. 괜찮습니다."

"참나, 설마 단장도?"

김현식이 미간을 좁혔으나 그 나물에 그 밥이었다.

박희재 또한 대한처럼 싱글싱글 웃으며 말했다.

"예, 저도 괜찮습니다."

"황당한 놈들 같으니. 챙겨 준다고 해도 거절하는 놈들은 아마 너희밖에 없을 거다. 농담이 아니라 진짜 필요 없어? 너희들이 공병학교로 가기 전, 작전사 직할부대 소속일 때 내가 제대로 도움 줄 수 있어. 잘 생각해. 이런 기회 흔한 거 아냐."

사실이긴 했다.

뭐든 타이밍이 맞아야 도움이 됐으니까.

그리고 김현식은 두 사람이 많은 고생을 했다고 해서 어떻게든 도움을 주려는 것.

저렇게까지 말하는데 그럼 한번 생각해 봐야지.

대한은 골똘히 생각하더니 이내 조심스럽게 입을 열었다.

"저, 사령관님. 그럼 혹시 조금만 천천히 말씀드려도 되겠습니까?"

"갑작스러워서 그렇지? 알겠다. 너희가 공병학교 소속이 되기 전까지면 언제든지 말해."

"알겠습니다. 일단 부대 복귀해서 생각 조금만 더 해 보고 따로 말씀드리겠습니다."

대한이 환하게 웃자, 순간 기시감을 느낌 김현식이 불안한 표정으로 말했다.

"……너무 많이 고민하지는 말고. 갑자기 두렵네."

"하하, 사령관님께 받는 선물이라 생각하니 의미 있는 선물을 받고 싶어서 고민하는 것입니다. 사령관님께서 곤란하지 않을 만한 부탁을 드리겠습니다."

김현식이 박희재를 바라봤다.

대한을 오래 봤던 사람에게 안심되는 말을 듣고 싶었겠지.

하지만 박희재가 그에게 해 줄 말은 없었다.

"……별것 아닐 겁니다."

"많이 당해 봤을 것 같은데?"

"그래도 적당히 해 줄 만한 것을 말하지 않겠습니까?"

"흠······."

이렇게 불안해할 것이라면 애초부터 말을 말지.

대한이 씨익 웃자 김현식이 고개를 내저으며 말했다.

"얼른 돌아가 봐. 가는 길에 맛있는 거 먹고 복귀해라. 명령이야."

"예, 알겠습니다. 충성!"

두 사람은 김현식의 센스 있는 명령을 기가 막히게 수행한 뒤 부대로 복귀했다.

대한은 박희재를 단장실 앞까지 배웅하고는 곧장 지원과로 향했다.

그리고 여유롭게 커피를 마시고 있는 여진수에게 말했다.

"과장님."

"······방해하지 마라. 오늘 처음 쉬는 거다."

"흡연하러 가십니까?"

"이젠 내 말을 듣지도 않는구나."

여진수가 한숨을 크게 내쉬고는 자리에서 일어났다.

그리고 대한과 함께 흡연장으로 나가 담배를 입에 물었다.

"담배도 안 피우는 놈이 뭔 놈의 담배를 맨날 피우러 가자고 그러냐?"

"딱 담배 피우실 타이밍인 것 같아서 말씀드렸습니다."

"담배를 물고 사는데 피우는 타이밍이 어디 있냐? 빨리 하고 싶은 말이나 해."

하하, 눈치는 빨라 가지고.

대한이 웃으며 말했다.

"혹시 다음 보직 생각해 두셨습니까?"

"……아니."

이 양반은 작년에도 그러더니 또 그러네.

'능력이 없는 것도 아니고 왜 아무도 데려갈 생각을 안 하는 거지?'

여진수 정도 능력을 가진 소령은 오라 하는 곳이 많았다.

그도 그럴 것이 줄을 잡고 가는 자리도 많았지만 그만큼 능력으로 가는 자리도 많았으니까.

이 정도면 나 모르게 사고라도 친 게 아닐까 의심이 될 정도다.

대한이 안타깝다는 듯 바라보자 여진수가 발끈했다.

"뭐 왜? 아니, 이 부대에서 가만히 일만 했는데 언제 보직을 알아봐? 그리고 이번에는 단장님한테 말씀드리지 마라. 내가 알아서 찾아갈 테니까."

박희재가 작전사에 자리를 알아봐 준 것만 해도 엄청나게 미안해했었다.

그로썬 굉장히 감사한 일이지만 상급자가 부탁하게 만드는 건 군인으로서 할 짓이 아니었으니까.

그리고 저렇게 말을 하는 걸 보니 본인 스스로 어떻게든 알아보는 중인 것 같았다.

'그런 의미에서 아직 못 찾은 건 확실하네.'

대한은 김현식의 제안을 사양하지 않고 미뤄 뒀던 걸 다행으로 생각했다.

"단장님한테 말씀드리지 않겠습니다. 대신 주제넘은 발언일 수도 있는데…… 혹시 제가 과장님 다음 보직을 찾아드려도 되겠습니까?"

그 말에 순간 여진수의 뇌가 정지했다.

누가 뭘 알아봐 줘?

그러나 대한은 정확히 말했고 여진수도 정확히 이해했다.

그렇기에 여진수는 담배를 깊게 빨아들였다.

연거푸 흡연하던 그가 느릿한 동작으로 담배를 끈다.

대한은 그의 행동에 저도 모르게 긴장했다.

저건 보통 화날 때 나오는 모먼트니까.

'아, 너무 주제넘었나?'

하긴. 하급자가 건방지게 어딜…….

이윽고 담배를 버린 여진수가 대한의 양어깨를 붙잡으며 깊은 한숨을 내쉬었다.

"후……."

아, 진짜 빡친 거 맞네.

그냥 박희재 통해서 조용히 전달할 걸.

이윽고 그가 조용히 말했다.

"대한아."

"……예, 과장님."

"주제넘은 발언이긴 한데…… 난 네가 언제든지 주제를 넘어도 된다고 생각하고 있었다."

"……예?"

여진수가 담배를 빨리 피우고 얼른 꺼 버린 이유.

바로 대한의 양 어깨를 잡고 감사함을 표하기 위해서였다.

여진수가 대한의 어깨를 강하게 붙잡고는 격렬하게 감사함을 전달했다.

"아니, 주제넘기를 기다렸어. 왜 이제 넘고 그래? 진짜 너밖에 없다 대한아."

아 씨.

괜히 긴장했잖아.

대한이 어이없다는 듯 웃자 여진수가 안도의 한숨을 내쉬었다.

"하, 단장님께 내가 다음 보직 못 찾았다고 보고 들어갈까 싶어서 요 며칠 계속 고민하고 있었는데 이렇게 네가 또 날 살려 주는구나."

"아직 어떤 보직인지 말씀 안 드렸는데……."

"야야, 안 들어도 돼. 네가 찾아온 곳이면 이상한 곳은 아닐 거 아니야. 내가 찾은 곳보다 무조건 괜찮은 곳들일 건 뻔하지."

"과장님이 찾으신 곳은 어딥니까?"

"향토사단 동원부대 정작과장이나 다른 공병단 지원과장이었지."

흠, 거기가 나쁜 보직은 아니었다.

갓 소령을 달고 난 뒤라면 가도 상관없는 보직이었으니까.

하지만 이미 지원과장 보직을 마무리한 여진수가 가기에는 아주 나쁜 보직이었다.

곧 중령 진급을 들어가게 되는데 중령 진급 TO도 없는 곳에 가서 어떻게 하겠는가.

대한이 고개를 끄덕이며 말했다.

"그럼 제가 생각한 곳이 훨씬 좋은 것 같습니다."

"하하, 그렇지? 그나저나 어떤 분한테 소령 보직을 받아 온 거냐?"

"받은 건 아니고…… 원하는 걸 들어준다고 하셨습니다."

"원하는 것?"

"예, 근데 저는 필요한 게 없어서 거절하려던 찰나에 과장님이 떠올라서 대답을 보류하고 온 상태입니다."

여진수가 감동한 얼굴로 대한에게 말했다.

"진짜…… 대한아, 형이 잘할게."

"하하, 아닙니다. 아직 확정 받은 게 아니라서……."

"근데 어떤 분한테 확정을 받는 건데? 소령 보직을 담당하실 분이라면…… 육본에서 만든 인맥이구나? 하하, 인사 직렬로 가는 후배가 있으니까 내 군 생활이 다 편해지네. 그래서 누구시냐?"

"사령관님이십니다."

"사령…… 뭐?"

"육본에서 만든 인맥은 맞는데 인사 직렬과는 상관없는 분이시긴 합니다."

"……?"

여진수의 사고가 또 한 번 정지했다.

사령관?

내가 아는 그 사령관?

이 미친놈이?

여진수의 눈이 동그랗게 커지자 대한이 말을 이었다.

"조금 전에 사령관님 뵙고 왔잖습니까. 그때 나눈 대화였습니다."

"아……."

여진수의 동공이 떨린다.

이걸 좋아해야 할까?

사령관이라고 무조건 좋은 건 아니다.

어쨌든 사령관의 입에서 자신의 이름이 오르내리게 되는 거니까.

한참의 고민 끝에 여진수가 조심스레 물었다.

"네 보직도 아니고 잘 모르는 내 보직에 대해서 힘을 써 주실까?"

"어······ 아마 써 주실 겁니다."

"아, 그래?"

당연하지.

여진수를 위한 자리이기도 했지만 날 위한 자리이기도 하니까.

대한의 확신에 여진수는 그제야 웃었다.

그리고 행복하게 막사로 복귀할 수 있었다.

막사로 복귀한 대한은 자리에 앉자마자 공병학교를 검색했다.

이내 여진수가 갈 만한 곳을 찾아냈고 김현식에게 문자를 남겼다.

잠시 후, 김현식이 대한에게 전화를 걸어왔다.

"충성!"

―고민이 벌써 끝났어?

"예, 그렇습니다."

―그래, 무슨 부탁 하려는지 한번 들어 보자.

"저희 지원과장을 공병학교로 보내 주십쇼."

―지원과장? 소령인가?

"예, 여진수 소령이라고 학사 출신입니다."

김현식이 잠시 생각하고는 말했다.

─둘 다 넘어와. 여 소령은 본인 자력 다 챙겨서 오라고 해. 도착하면 문자 남겨라.

　그리곤 대답도 듣지 않은 채 전화를 끊어 버렸다.

　통화가 종료되자 곁에 있던 여진수가 잔뜩 기대한 표정으로 물었다.

　"뭐라시냐?"

　"면접 보러 오라고 하시는 것 같습니다."

　"면접? 누구?"

　"과장님을 한번 보고 싶으신 것 같습니다. 자력 다 챙겨서 오라고 하십니다."

　대한의 말을 들은 여진수는 곧바로 얼굴이 굳기 시작했다.

　"……나?"

　"예, 과장님 면접이죠. 아마 본인이 힘쓰실 만한 군인인지 확인하시려는 것 같습니다."

　"아……."

　이걸 좋아해야 되나?

　아니, 좋아 해야지.

　이런 기회가 얼마나 된다고.

　그리고 대한은 김현식에게 고마움을 느꼈다.

　만약 면접도 안 보고 바로 보내는 거면 대한이 청탁하는 꼴이 돼 버린 거니까.

　'중위 부탁으로 소령 보직을 정했다면 분명히 말 나오지.'

그러니 테스트가 필요했다.

더군다나 공병학교에 여진수가 갈 만한 자리는 전부 다 요직이었다.

예컨대 중령 진급자가 무조건 나오는 자리들.

그렇기에 더더욱 면접이 필요했다.

그리고 대한은 자신 있었다.

'다른 사람도 아니고 여진수면 말 다했지.'

여진수가 잘만 한다면 김현식과 대한은 사람 잘 본다는 평가를 받을 것이다.

그렇다면 잡음 없이 모든 일을 잘 마무리할 수 있을 터.

이제 남은 건 여진수에게 달렸다.

"전 과장님을 믿습니다."

"아, 어…… 그렇지…….''

"아, 그리고 부담 드리려는 건 아닌데 면접 통과 못하시면 아마 한직 돌다가 전역하실 것 같습니다."

"……개무섭네, 진짜."

대한이 피식 웃으며 시간을 확인했다.

"넉넉하게 30분 드리겠습니다."

"넌 넉넉하게라는 말의 뜻을 잘 모르는 것 같다?"

"그럼 사령관님 기다리게 하실 겁니까?"

"3분 만에 끝내 볼게."

"그럼 차량 대기시켜 놓겠습니다."

대한은 그대로 지원과를 벗어나 박희재에게 보고를 했다.

박희재는 흔쾌히 다녀오라 말하는 한편 본인도 김현식에게 보일 추천서를 작성하기 시작했다.

여진수를 보면서 느낀 점과 그가 잘하는 점들을 쭉 적었고 대한에게 건네며 말했다.

"사령관님께 잘 말씀드려라. 내가 군 생활을 걸고 보증을 서겠다고."

박희재의 말에 대한이 박희재를 가만히 바라봤다.

그러자 박희재가 민망한지 손을 내저으며 말했다.

"됐어. 부하들 위해서 이 정도도 못 해 줄까 봐. 대한이 네 군 생활이 걸려 있다면 더 심한 짓도 했을 거다."

진심으로 고마운 말이었다.

하지만 고마운 건 고마운 것이고 대한이 말없이 박희재를 바라본 이유는 다른 것이었다.

"……말씀은 감사합니다만 남은 군 생활을 거시는 거면 너무 약하게 배팅하시는 것 아닙니까?"

"……응?"

"그…… 사령관님도 단장님께서 장군 달기는 힘들 거라 생각하시지 않겠습니까?"

"……그러시겠지?"

"그럼 군 생활을 건다는 말은 제외하고 추천서만 전달드리겠습니다."

"에라이. 얼른 가, 자식아."

"하하, 농담입니다. 특이 사항 있으면 바로 보고드리겠습니다."

대한이 웃으며 경례를 올렸고 이내 여진수를 데리고 주차장으로 이동했다.

여진수의 손에는 큼직한 파일이 들려 있었다.

대한이 그걸 흘깃 보며 말했다.

"그 짧은 새에 많이 준비하셨습니다?"

"시간 넉넉히 줬잖아. 그리고 이건 군 생활 내내 들고 다니며 기록해 둔 거라 딱히 준비랄 것도 없었어."

오, 역시 여진수.

근데 사이즈를 보니 누굴 보여 주기 위해 기록해 둔 건 아닐 것이다.

그냥 여진수의 습관 같은 것이었을 텐데 마침 요긴하게 쓸 곳이 있었던 것.

그렇기에 대한은 다시 한번 느꼈다.

기회는 늘 준비된 사람이 붙잡는 것이라고.

두 사람은 곧 위병소를 벗어나 곧장 작전사로 향했다.

작전사로 가는 길.

줄곧 창밖만 보던 여진수가 대한에게 물었다.

"대한아."

"예, 과장님."

"사령관님께서 특별히 싫어하시는 행동 있나?"

"흠, 그건 잘 모르겠습니다. 그냥 군인답지 않다면 싫어하시지 않겠습니까?"

"군인답지 않다라…….."

대한은 긴장하고 있는 여진수를 보며 피식 웃으며 말했다.

"과장님이 긴장하신 건 처음 보는 것 같습니다."

"야, 너 같으면…… 아, 넌 긴장 안 하는구나. 에휴, 군 생활하면서 면접 볼 줄 알았겠냐? 그것도 사령관한테. 난 내 인생에 면접은 없을 줄 알았다."

"장기 면접 보셨잖습니까."

"그건 면접이 중요한 게 아니라 군 생활을 얼마나 잘했냐가 중요한 거였잖아."

"그것도 사람 나름이죠. 군 생활을 과장님처럼 잘했으면 면접이 뭐가 중요하겠습니까?"

"그런가?"

"예, 그러니 긴장하실 필요 없으십니다."

여진수가 대한을 슥 쳐다보며 말했다.

"지금 나 걱정해 주는 거냐?"

"제가 뭐라고 과장님 걱정을 하겠습니까. 전 그냥 과장님이 긴장한 상태로 사령관님 만나서 이상한 소리하실까 봐 그게 걱정돼서 말씀드리는 겁니다."

"죽을래?"

"하하, 농담입니다."

"이 자식이 자꾸⋯⋯."

"저 운전대 잡고 있습니다? 저 운전대 잡고 있습니다?"

그렇게 티격태격하기도 잠시, 두 사람은 작전사에 도착할 수 있었고 작전사에 도착하자마자 대한은 김현식에게 문자를 남겼다.

그러자 바로 대한의 휴대폰이 울렸다.

김현식의 연락을 받은 대한이 여진수를 이끌고 그의 집무실로 향했다.

집무실의 문을 열자 김현식이 피곤한 얼굴로 두 사람을 맞이했다.

"어, 와서 앉아라."

"충⋯⋯ 예."

힘차게 경례하려던 것도 잠시 소파에 앉아 김현식이 앉길 기다릴 수밖에 없었다.

대한도 김현식의 저런 표정은 처음 봤다.

사령관이 맞나 싶을 정도로 장난기 넘치는 표정만 봤었는데 이렇게 일에 찌는 표정이라니.

'뭔가 골치 아픈 일이 있는 건가?'

전생의 기억을 떠올려 봐도 이 시기에 김현식이 고생할 만한 일은 없었다.

그렇게 머릿속이 복잡하던 그때 김현식이 자리에 앉으며 말했다.

"김 중위 네가 이런 부탁을 할 줄은 전혀 몰랐다."

의미를 고민하게 하는 말이었다.

그도 그럴 것이 어떻게 보면 청탁이나 마찬가지였으니까.

대한이 여진수를 알리고 싶다는 의도는 전혀 중요하지 않았다.

'실망한 건가.'

실망해도 어쩔 수 없다.

팔은 안으로 굽는다고 대한은 여진수가 제대로 된 자리에 앉았으면 했으니까.

대한이 자세를 고쳐 앉고는 입을 열었다.

"불편하셨다면 죄송합니다. 조금이라도 안 내키신다면 지금 당장 자리에서 일어나겠습니다."

김현식이 대한을 빤히 바라보다 이내 피식 웃으며 말했다.

"그냥 해 본 소리다. 네 입에서 이런 말이 나올 거라고는 생각하지도 못했거든. 여 소령한테 전달 잘했지?"

"예, 여 소령이 잘 챙겨 왔습니다."

여진수가 김현식에게 본인이 준비한 자료를 내밀었다.

김현식은 여진수가 내민 자료를 확인하고는 흥미롭다는 듯 말했다.

"본인이 한 일을 이렇게 다 기록했다고?"

"예, 그렇습니다."

김현식이 고개를 끄덕이며 자료를 마저 살피기 시작했다.

그가 조용히 자료를 살피는 것에 대한은 속으로 안도의 한숨을 내쉬었다.

'다행히 마음에 드나 보네.'

그러니 계속 보고 있는 것 아니겠나.

김현식이 자료에서 눈을 떼지 않은 채 물었다.

"혹시 기억력이 안 좋은 건가?"

"좋다고 말씀드릴 순 없으나 나쁜 것도 아닙니다."

"흠, 그런데 이렇게 기록을 해 놨어?"

"혹시나 해서 기록해 두었습니다."

김현식이 고개를 들어 여진수를 지긋이 쳐다봤다.

여진수가 내민 자료에는 정확한 날짜는 물론 그 당시 상급자의 지시가 어땠는지, 본인의 행동은 어땠는지가 상세히 적혀 있었다.

그래서 이런 질문을 하는 것.

하지만 여진수로서는 어쩔 수 없었다.

여진수가 모은 자료는 과거를 추억하기 위해서가 아니었다.

군 생활을 하기에 불리한 출신.

그걸 극복하기 위한 수단이었다.

혹시 모를 억울한 일에 휩싸였을 때 본인의 억울함을 풀어 줄 수단임과 동시에 상급자에게 본인을 증명할 수 있는 방어 수단.

이윽고 김현식이 자료를 조심스럽게 내려놓았다.

그리고 깊은 한숨을 내쉬며 말했다.

"어휴, 아직 군대가 바뀌려면 멀었구나. 지금 소령 달고 군 생활하는 군인들은 이런 짓 안 해도 될 줄 알았건만…… 잘 봤다, 여 소령. 그동안 마음고생 많았겠네."

여진수는 머리에 과거가 스치는지 잠시 뜸을 들이고는 대답했다.

"……감사합니다."

"자력은 훌륭하네. 학사 출신에 소령까지 1차 진급이면 평정은 볼 필요도 없겠고…… 김 중위가 사람 보는 눈이 있네."

분위기를 환기하려는 것인지 대한을 향해 웃으며 말했다.

대한 또한 그의 의도에 맞춰 미소를 지으며 답했다.

"사령관님께 부탁할 수 있는 귀중한 찬스를 쓸 가치가 있다고 생각했습니다."

"하하, 너한테 도움 될 부탁을 하라고 준 찬스인데 이렇게 써도 되겠냐?"

"혼자서 군 생활을 할 순 없지 않습니까. 여 소령이 잘되는 것이 저에게도 도움이 되는 일이라 생각합니다."

김현식은 대한과 여진수를 번갈아 보고는 흐뭇하게 미소 지었다.

"군 생활 잘하고 있구만. 근데 김 중위의 부탁을 들어주는 것에는 한 가지 문제가 있다."

이 양반도 해결 못 할 문제가 있다고?

대한이 고민하는 것도 잠시 김현식이 말을 이었다.

"공병학교에 여 소령이 갈 수 있는 자리가 없다."

"아……."

이건 그도 해결하기 힘든 문제였다.

물론 해결하려면 할 수 있겠지.

공병학교의 소령 보직 중 하나에 가기로 한 사람을 다른 곳으로 돌리면 충분히 가능했다.

하지만 공병학교의 소령 보직은 아무나 가는 자리가 아니었다.

육군의 대위를 가르치고 그들의 전투력을 발전시키기 위해 연구를 하는 자리.

군 생활을 잘했다고 하는 사람들 중에서도 최상위권에 머무른 사람들만 가능한 곳이었다.

'이미 박힌 돌들을 빼긴 힘들겠지.'

김현식이 대안으로 제안할 자리에 매력을 느끼지 못하는 것이 당연했다.

그렇다고 곧 진급 시기가 다가오는 소령에게 기다리라고 할 수도 없는 노릇.

대한이 가장 바라지 않았던 상황이 지금이었다.

'공석이 있기에 제안을 했건만 이미 오기로 한 사람이 있었구나.'

여기서 한 번 더 부탁하는 순간 청탁이었다.

그리고 김현식은 물론 여진수도 불편하게 만들 터.

아쉽긴 하지만 어쩔 수 없지 않나.

대한이 최대한 무덤덤하게 대답하려던 그때 여진수가 입을 열었다.

"찾아봐 주신 것만 해도 감사합니다. 전 사령관님께 제 군 생활을 보여 드리고 칭찬을 받은 것만 해도 만족합니다."

대한은 여진수의 눈치만 살필 뿐 어떤 말도 할 수 없었다.

그도 그럴 게 여진수는 다음 보직으로 진급과 관련 없는 곳으로 가게 될 테니까.

'이 양반도 군 생활이 꼬이는구나.'

차라리 군 생활 초반에 꼬이지.

제일 중요한 타이밍에 보직이 안 풀리다니.

씁쓸하지만 어쩌겠나.

그저 관운이라 생각하고 최대한 아무렇지 않게 넘기는 것이 최선이었다.

김현식도 여진수가 안타까웠는지 아무런 대답도 하지 않은 채 책상만 바라봤다.

분위기가 가라앉자 여진수가 웃으며 자료를 챙겼다.

"바쁘신 와중에 시간 내주셔서 감사했습니다. 저희 때문에 업무에 방해되실 것 같은데 먼저 일어나도 되겠습니까?"

김현식이 이마에 손을 짚고는 잠시 고민했다.

두 사람은 그의 행동에 눈치만 볼 뿐 가만히 기다릴 수밖에 없었다.

그러기도 잠시.

김현식이 여진수에게 물었다.

"여 소령, 10년 뒤에 군대가 어떻게 변할 것 같아?"

갑자기?

대한은 잘못 들은 것이 아닌가 싶어 여진수를 바라봤다.

하지만 잘못들은 건 아닌 것 같았다.

여진수도 대한과 같은 벙찐 얼굴을 하고 있었으니까.

두 사람이 아무 대답도 하지 않자 김현식이 자세를 고쳐 앉으며 다시 물었다.

"김 중위는 어떻게 생각하나?"

이번엔 나야?

당황스럽긴 하지만 물어봤으니 대답은 해야 하지 않겠나.

다행인 건 10년 뒤라면 대한이 어느 정도 알고 있는 상황이었다.

대한이 정신을 차리고 답했다.

"아, 10년 뒤라면…… 군 규모의 대규모 감축이 불가피한 상황이 될 것입니다. 그것에 맞춰 사라지거나 개편되는 부대가 많을 것입니다."

"구체적으로 생각해 본 적 있나?"

"육군 기준으로 말씀드리겠습니다."

김현식이 눈빛으로 대신 답하자 대한이 말을 이었다.

"현재 야전군 중심의 작전수행체계에서 군단 중심의 작전수행체계로 변화가 되는 중입니다. 이는 정보, 작전 위주의 지휘 제대인 군단을 작은 야전군. 즉 소야전군 역할을 수행할 수 있도록 역할을 확대하는 것을 의미합니다. 이렇듯 규모가 작아지는 과정속에서 전력 약화는 불가피한 상황입니다. 그렇기에 첨단전력을 증강시키고 이를 통해 군단이 가진 전장 영역을 향상시킬 것입니다. 그리고 이 변화가 적응될 때쯤에는 군단에서 사단, 사단에서 여단으로 점점 야전군 역할을 수행하는 제대가 작아질 것입니다."

야전군을 이루는 병력의 수가 적어짐에 따라 제대의 규모가 작아지는 건 당연했다.

그렇기에 한 단계 밑의 제대에 힘을 몰아주는 것.

김현식은 놀란 눈으로 대한을 바라볼 수밖에 없었다.

'뭘 이런 걸로 놀라. 당연한 거잖아.'

조금만 생각해 보면 누구나 낼 수 있는 답이었다.

하지만 김현식은 대한이 답을 말했다는 것에 놀란 것이 아니었다.

이런 내용을 미리 생각해 놓고 있었다는 것에 놀라는 중이었다.

그도 그럴 것이 대한의 계급에서는 생각할 필요도 없는 먼 이야기였으니까.

김현식이 놀라고 있을 그때.

여진수가 조심스럽게 입을 열었다.

"사령관님, 조금 늦었지만 저도 질문에 답변드려도 되겠습니까?"

"아, 어. 해 봐."

"저는 공병 중심으로 판이 새로 짜지리라 생각합니다."

"……응?"

잠깐.

이건 또 무슨 소리야.

대한과 김현식의 고개가 여진수를 향해 순식간에 돌아갔다.

'갑자기 무슨 소리하려는 거야?'

공병 중심이라니?

생각지도 못한 발언이었다.

그래서일까.

그가 과연 어떤 소리를 할 것인지 궁금했다.

'설마 무리수를 던지는 건 아니겠지.'

그렇게 된다면 곤란해지는 건 대한이었다.

사람 잘 본다는 인사 직렬을 걷는 이에게 최고의 칭찬을 들은 마당에 무리수를 던진다?

이제부터 김현식의 칭찬은 절대 없을 것이다.

'나중에 욕이나 안 먹으면 다행이지.'

대한이 속으로 기도하던 것도 잠시.

여진수의 입이 열리기 시작했다.

"일단 제가 생각하는 저희 군은 화력에 올인을 한 상황이라 생각합니다."

"화력에 올인을 했다고?"

"예, 저희가 가장 경계하는 적인 북한을 상대함에 있어 대규모 화력전과 기동전을 염두에 두고 모든 전술을 맞춰 두고 있지 않습니까? 이는 포병의 규모만 봐도 알 수 있습니다."

병력의 수가 제일 많은 병과라 하면 단연 보병이었다.

하지만 병력의 수가 투자의 규모와는 비례하지 않는다.

군에서 가장 많은 투자가 이루어지고 있는 병과는 포병이었다.

'보병이 뛰어가서 적을 공격해야 하는 반면에 포병은 부대에서 즉각 대응 가능하니까.'

전쟁은 거대한 싸움이다.

그리고 싸움에서 가장 중요한 건 선제타격.

물론 기습을 당한다면 선제타격을 할 순 없겠지.

그렇다면 그런 상황에서 그냥 맞고 질 건가?

그건 있을 수 없는 일이었다.

'즉각적으로 반응해서 카운터를 쳐야지.'

복싱에서 가장 강력한 펀치는 카운터 펀치 아니겠나.

그걸 할 수 있는 병과가 포병이었다.

김현식도 여진수의 말에 동의하는지 고개를 끄덕였다.

"그렇지."

"예, 하지만 병력이 줄어든다면 이 투자가 물거품이 될 것입니다."

"사유는?"

"포를 운용할 병력이 없기 때문입니다."

그 순간 대한의 눈이 커졌다.

'아!'

그가 무엇을 말하려는 건지 알았기 때문이다.

김현식 역시 재미를 느꼈는지 입꼬리를 올리며 물었다.

"재밌는 친구네. 그래, 그것에 대한 대안이 바로 공병이라는 거냐?"

"예, 그렇습니다. 현재 보유한 수많은 포를 그대로 운용하려면 자동화가 불가피합니다. 이때 공병이 전문성을 갖춰 자동화된 포 운영을 돕고 포의 기동성을 확보하는 건 물론 유사시 근접전에 투입되는 생각을 했습니다."

공병의 대표적인 이미지는 다리를 만들어 내는 것이다.

여진수는 이런 이미지를 벗어나 진정한 엔지니어 겸 군인이 되고자 했다.

김현식이 여진수를 불렀다.

"여 소령."

"소령 여진수."

"자네, 갈 자리 없어져서 막말하는 건 아니겠지?"

여진수가 당황한 듯 손을 내저었다.

"절대 아닙니다."

"그럼 만화 주인공도 하기 힘들 것 같은 임무 분담은 진심으로 하는 소리야?"

"아…….."

여진수가 잠시 고민하고는 답했다.

"만화 주인공이 아니라도 충분히 할 수 있다고 생각합니다."

"좋아, 그렇다고 치자. 그럼 방금 말한 포의 운용, 기동성, 근접전을 담당하는 부대의 규모는 얼마로 생각하는 건가?"

여진수는 본인의 대답에 진정성이 떨어진다고 생각했는지 깊게 고민하기 시작했다.

김현식이 여진수의 대답을 기다리던 그때.

대한이 지원사격을 시작했다.

"두 명이면 충분할 것 같습니다."

"……너도 여 소령이랑 같은 생각이냐?"

대한이 여진수에게 입꼬리를 올려 보이고는 답했다.

"저도 공병이잖습니까."

대한의 해맑은 대답에 김현식이 고개를 내저었다.

"어휴, 이 공병 놈들을 진짜 어떻게 하지…… 그래, 좋다. 그럼 어디 한번 들어나 보자. 내가 말한 세 가지를 두 명이서 어떻게 한다는 거냐?"

"한 명은 포병으로 포의 정밀 사격에 집중합니다. 또 한 명은 공병으로 세 가지 사항을 모두 대비하면 됩니다. 그렇지 않습니까?"

대한이 여진수에게 동의를 구하자 여진수가 답변을 이어 나갔다.

"예, 맞습니다. 포의 운영은 두 명으로도 충분합니다. 기존의 여덟 명 이상 운용되는 포를 두 명이서 운용하게 된다면 현재 병력의 반의반이 되더라도 화력은 유지할 수 있다고 생각합니다."

대한과 여진수의 합동 공격에 김현식이 할 말을 잃었다.

김현식은 두 사람을 번갈아 보다 자리에서 일어났다.

"뭐 마실 거야?"

"주시는 대로 마시겠습니다."

"그래, 잠시만 기다려라."

김현식이 본인의 자리로 돌아가 어딘가로 연락을 하기 시작했다.

그리고 부관을 호출해 말했다.

"차 6잔 준비해 줘라."

"예, 알겠습니다!"

부관이 차를 준비하기 위해 서둘러 집무실을 빠져나갔다.

대한이 여진수와 눈빛을 교환하던 그때.

김현식이 여진수에게 말했다.

"어이, 여 소령. 자네 보직 걱정 안 해도 되겠어."

"……잘못 들었습니다?"

이 타이밍에 보직을?

3명분의 차를 더 준비하는 것도 불길한데 여기서 보직이라니.

도대체 여진수를 어디 보낼 생각인 거지?

'느낌상 TF 팀인 것 같은데.'

현재 김현식의 표정은 굉장히 밝았다.

처음 집무실에 들어왔을 때와는 전혀 다른 표정.

피곤한 줄 알았는데 피곤이 아니라 고민이 있었던 것이다.

그리고 그 고민은 두 사람의 대답과 연관이 있겠지.

아니나 다를까 김현식이 여진수에게 말했다.

"김 중위랑 나가서 담배라도 한 대 피우고 들어와. 바람 쐬면서 조금 전에 말한 내용들 정리도 하고."

"아, 예. 알겠습니다."

뭔가 더 물어보고 싶었지만 여진수의 빠른 대답에 타이밍을 놓쳐 버렸다.

대한은 여진수를 따라 일어나며 집무실을 벗어나 흡연장으로 향했다.

흡연장에 도착하자 여진수가 크게 한숨을 토해 내며 말했다.

"흐유…… 긴장돼서 숨넘어가는 줄 알았네……."

"긴장하셨었습니까? 그런 것치고는 말씀 굉장히 잘하시던데 말입니다."

"내가 언제 말을 잘했냐. 내 어필도 제대로 못 하고 사견이나 막 뱉어 냈는데."

"그 막 뱉어 낸 사견 덕분에 제대로 어필하신 것 같습니다."

"뭔가 그런 느낌인 것 같긴 했는데…… 근데 대체 뭐가 마음에 드신 거지? 사령관님도 평소 공병이 주축이 되는 것을 생각하고 계셨던 걸까?"

본인이 생각하고 있던 것을 똑같이 말했다고 해서 저렇게 기분이 좋아질 것 같진 않았다.

그냥 신기해하고 말겠지.

그런 의미에서 대한이 생각하기에는 여진수가 그의 간지러운 곳을 긁어 준 것 같았다.

"어쩌면 정말 그런 것일 수도 있습니다."

"왜?"

"처음에 군의 10년 뒤 모습에 대해 물어보셨지 않습니까."

"그랬지?"

"물론 공병이 주축이 되는 것에 대해선 생각하지 않으셨겠지만 그래도 평소 10년 뒤 군에 대한 모습을 고민하고 계셨는데 마침 저희가 그런 의견을 내서 아다리가 맞아떨어진 걸 수도 있습니다. 그리고 반응이 좋았잖습니까?"

"그것도…… 그랬지."

"그러니 어쩌면 긴 고민을 끝내게 해 준 것에 대한 대가로 보직을 선물로 주실 것 같습니다."

합리적인 추론이었다.

정말로 분위기가 좋았으니까.

게다가 대한의 경험상 이런 상황에서는 최대한 단순하게 생각하는 것이 좋았다.

괜히 이런저런 생각을 하다 보면 머리가 복잡해지기 마련이니까.

다행히 여진수도 대한의 말에 동의했다.

"하, 결국 보직을 해결하고 가는구나."

김현식을 몇 번 경험했던 대한의 말이었기에 신빙성이 있어 보였겠지.

대한은 여진수와 편하게 잡담을 하다가 다시 집무실로 복귀했다.

김현식이 두 사람에게 말했다.

"앉아서 조금만 기다려. 곧 올 테니까."

"예, 알겠습니다."

누가 오는지만 알아도 마음의 준비라도 하겠지만 현재 김현식에게 뭔가를 물어볼 순 없었다.

김현식은 휴대폰을 붙잡고 계속 연락을 취하는 중이었고 부관도 집무실을 들락날락하며 바쁘게 움직이고 있었다.

대한과 여진수는 부관이 차를 준비하는 것을 도왔고 잠시 후, 집무실의 문이 열렸다.

인기척을 느낀 대한이 자연스럽게 고개를 돌렸고 순간 놀랄 수밖에 없었다.

그도 그럴 것이 집무실을 열고 들어온 세 사람.

그들의 계급장에는 모두 별이 하나씩 달려 있었으니까.

'사령관이 직접 호출한 사람이라는 걸 깜빡하고 있었네.'

하도 자주 봐서 그런가.

대한은 김현식이 육군 대장이라는 사실을 잠시 망각했다.

그가 집무실로 호출할 정도면 별은 기본일 텐데 말이다.

집무실로 들어온 준장들은 대한과 여진수를 흘끔 보고는 자연스럽게 소파에 앉았다.

이내 김현식이 상석에 앉아 말했다.

"회의 끝난 지 얼마 안 됐는데 또 불러서 미안하다."

"아닙니다. 그런데 무슨 일 때문에 그러십니까?"

김현식과 가장 가까이 있던 인물.

준장 이상일.

그가 궁금하다는 듯 물었고 김현식이 대한과 여진수를 가리키며 말했다.

"설명은 이 친구들한테 들으면 된다. 우리가 했던 긴 회의를 끝내 줄 거다."

대한과 여진수가 어색하게 웃으며 눈치를 살피자 김현식이 이상일을 소개했다.

"작전처장한테 조금 전에 했던 말 다시 해 봐. 포병 전술에 아주 정통한 사람이니까 단번에 알아들을 거다."

김현식의 소개가 끝나자 이상일이 두 사람에게 말했다.

"포병 전술? 포병에 대해 무슨 말을 한 거냐?"

공병들이 포병에 대해 이야기했다는 사실이 불쾌했던 걸까?

그의 목소리에 위압감이 담겨 있다.

하지만 여기서 쫄아선 안 된다.

여진수가 특유의 정신력으로 그의 중압감을 이겨 내며 말했다.

"예, 그렇습니다."

"포병을 건든다고? 그럼 여기 마치 화력처장도 왔으니 사령관님께 했던 말들 다시 한번 천천히 해 봐."

이야, 엄청 압박 주네.

이래 가지고 어디 대답이나 제대로 하겠어?

포병 출신 장군까지 집무실에 위치해 있었다.

이런 상황에 현재 포병의 운용은 비효율적이라는 말을 해야 하는데 어느 누가 쉽게 입을 열 수 있겠나.

하지만 원하는 걸 얻으려면 가시덤불을 헤치고 나가야 한다.

그 앞이 설령 지옥이라 할지라도.

별의 압박에 긴장하는 것도 잠시, 여진수가 숨을 한번 삼킨 후 말을 잇기 시작했다.

"이, 일단 사령관님께서……."

말을 조금 더듬긴 했지만 그것도 잠시였다.

입을 몇 번 열더니 평소의 여진수로 돌아와 있었고 김현식에게 했던 대로 제대로 설명을 마쳤다.

대한은 마치 본인이 한 것처럼 뿌듯하게 미소를 지었다.

'그래, 이래야 여진수답지.'

말이 끝났다.

주사위가 던져진 것이다.

사무실에는 잠깐의 침묵이 앉았다.

이상일이 침묵하길 한참, 이내 그가 화력처장에게 물었다.

"화력처장은 어떻게 생각하나? 포병을 저런 식으로 줄여도 상관없나?"

그의 물음에 화력처장도 잠시 고민하더니 이내 답했다.

"현 상황에서는 준비 및 장전 속도가 현저히 떨어지겠지만 장비와 기술의 발전이 이루어진다면 충분히 가능한 시나리오입니다."

"가능한 시나리오라…… 그럼 견인포는 모조리 다 제외 아닌가?"

견인포는 차량에 달려 위치를 이동하며 사격이 필요한 장소에 도착하면 사람의 힘으로 사격 준비를 해야 했다.

말인즉 사람 한두 명 가지고는 절대 불가능했다.

하지만 포병의 전력 중 견인포가 차지하는 비중은 상당했다.

이런 견인포를 모두 제외한다면 전력이 급격히 떨어질 터.

이상일이 걱정하는 게 바로 그것이었다.

화력처장이 잠시 고민하고는 말했다.

"여 소령이 말한 것처럼 당장 실행하라고 하면 무조건 반대입니다. 하지만 만약 10년 뒤라면 충분히 가능한 이야기라 생각합니다."

"견인포를 다른 포로 대체할 건가?"

"2명이서 운용하려면 선택지는 자주포뿐입니다."

"그럼 너무 낭비되는 거 아닌가?"

"얼마 지나지 않아 제대로 쓰지도 못할 무기 아닙니까? 낭비라고 할 것도 없습니다. 그리고 정 아깝다면 대체 할 전술을 찾아봐야죠."

화력처장이 여진수를 보며 말했다.

"여 소령 같은 인재가 고민한다면 충분히 좋은 전술을 찾을 수 있을 겁니다. 올해는 거의 다 갔으니 내년 한 해 정도 시간을 주면 찾아오지 않겠습니까?"

대한은 화력처장이 상당히 열려 있는 사람이라 생각했다.

어떻게 보면 여진수가 화력처장의 병과가 비효율적이라 콕 집은 것과 마찬가지였다.

'보병, 기갑도 줄여야 한다는 말이 있긴 했지만 그게 지금 들리기나 했겠어?'

공병이 포병의 영역에 침범하는 꼴이었다.

심지어 다른 병과에 비해 공병은 쓸모가 있다고 주장한 상황.

화력처장의 기분이 좋을 리가 없었다.

그럼에도 화력처장은 여진수를 향해 뜨거운 눈빛을 발사하는 중이었고 여진수가 다시 당황하기 시작했다.

"내, 내년 안에 대안을 가지고 오란 말씀이십니까?"

"이미 어느 정도 생각하고 있던 것 아닌가? 아무런 대안 없이 견인포를 다 버리고 자주포로 전환하고 거기에 공병을 집어넣는다고 이야기하진 않았을 텐데?"

아, 뜨거운 눈빛이 그 뜨거움이 아니었어?

이 양반 기분 많이 상했네.

얼굴은 웃고 있지만 속은 부글부글 끓고 있을 터.

이때 지원사격을 해 줘야겠지.

대한이 두 사람의 눈치를 살피고는 얼른 입을 열었다.

"비전력화가 될 견인포는 개조를 거쳐 해군 전력에 투입되면 좋을 것 같습니다."

그 순간, 자리에 앉아 있던 장군들의 고개가 일제히 대한에게로 돌아갔다.

Chapter 4

장군들의 시선.

특히 김현식을 제외한 처장들의 시선은 대한의 계급을 향해 있었다.

대한은 그들의 시선을 가볍게 무시한 채 말을 이었다.

"이동과 설치가 문제였던 견인포가 해군 전력으로 이동하게 된다면 문제점이 다 사라지지 않겠습니까?"

화력처장이 조용히 한숨을 내쉬며 대한에게 말했다.

"후, 김 중위?"

"중위 김대한."

"해군 함정들에 배치할 생각인 것 같은데…… 기존에 있는 함정에는 각 함정에 걸맞은 포가 다 배치되어 있어. 굳이 견인포를 쓸 필요가 있을까?"

대한이 아무것도 모르는 것이라 확신하고 있는 것 같았다.

화력처장은 대한에게 어린아이 가르치듯 말했고 대한은 그의 말을 당당하게 받아쳤다.

"예, 기존에 있는 함정에는 견인포를 배치할 필요가 없습니다."

"……그걸 아는데 왜 그런 말을 한 거지?"

"기존에 있는 함정이 아닌 새로 제작되는 함정에 배치하면 되지 않겠습니까?"

대한의 답변에 화력처장이 고개를 내저었다.

"자, 김 중위. 생각해 봐. 함정이 비쌀까, 포가 비쌀까?"

"당연히 함정이 더 비쌉니다."

"그래, 포가 몇 대가 들어가든지 새롭게 함정을 건조하려면 포 금액의 몇 배가 되는 금액이 투입될 거야. 그렇기에 김 중위가 말한 대로 이루어지는 건 엄청 힘든 일이지."

이번엔 대한이 고개를 내저었다.

"국방비가 남지 않습니까."

화력처장이 답답한지 김현식에게 물었다.

"하…… 사령관님. 이 친구는 왜 여기 있는 겁니까?"

그러자 연신 미소를 짓고 있던 김현식이 웃음을 터트리며 말했다.

"하하, 왜. 재밌잖아. 한번 들어 봐."

"여 소령이야 이 자리에 있을 수도 있다고 치지만 김 중위가 회의에 참석하는 건 아니라고 생각합니다."

"이유 없이 이야기하는 놈이 아니야. 합당한 이유를 가지고 입을 여는 놈이니 왜 그렇게 생각하는지 들어나 보자고. 내가 이 친구를 여기 괜히 앉혀 놨겠어?"

김현식이 이렇게까지 말하자 화력처장도 더 토를 달 수 없었다.

그래서 떨떠름한 표정으로 대한에게 고개를 돌렸다.

"그래, 왜 그렇게 생각하는지 어디 한번 들어나 보자."

대한은 화력처장의 태도가 마음에 들지 않았다.

그럴 수밖에.

중위 나부랭이가 안다면 뭘 얼마나 알까?

하지만 대한은 익숙했다.

어찌 보면 이런 현상은 당연한 것이니까.

그래서 얼른 표정 관리를 하며 말했다.

"병력수가 현재보다 반 이상 줄어드는 만큼 같이 줄어드는 것이 있습니다."

"그런 게 한두 개가 아니잖아. 군이 가진 대부분이 같이 줄어들 텐……."

"유지 비용."

"응?"

"병력 유지 비용이 엄청나게 줄지 않겠습니까. 그 돈을 이상한 곳에 쓰지 말고 함정에 투자한다면 육군의 전력을 보존할 수 있을 겁니다."

대한의 답변에 화력처장의 입이 다물어졌다.

두 사람의 대화를 가만히 지켜보던 이상일이 물었다.

"군의 병력이 줄면 국방비 자체를 줄이려고 할 텐데?"

"예, 그럴 가능성도 존재한다고 생각합니다."

"근데도 이런 제안을 했다고?"

"예, 여기 계신 분들이라면 국방비가 줄어들 가능성을 낮춰 주실 수 있을 거라 생각해서 말씀드린 겁니다."

이 자리에서 차기 야전사령관은 물론 국방부장관, 국회의원 등등 거대한 인물들이 나올 수도 있었다.

물론 그런 자리를 꿰찬다고 하더라도 국방비가 삭감되는 걸 막지 못할 수도 있었다.

하지만 최소한 방어는 해 볼 수 있지 않겠나.

대한의 말에 이상일까지 입을 다물었다.

그러자 김현식이 만족스러운 표정으로 입을 열었다.

"들어 볼 만하지?"

집무실에 있는 준장들은 침묵으로 답변을 대신했다.

그들은 대한을 무시했던 순간으로 돌아가 자신의 입과 눈을 가리고 싶었다.

이상일이 김현식과 대한을 번갈아 보다 한숨을 내쉬었다.

"참 거침없는 친구인 것 같습니다."

"이런 회의 주제에 딱 어울리는 친구이지."

"여 소령은 김 중위를 억제해 주는 사람입니까?"

김현식이 여진수에게 물었다.

"그러게? 여 소령의 역할은 뭐야? 내가 보기엔 김 중위한테 불을 지피는 역할 같은데?"

여진수가 잠시 고민하고는 답했다.

"어…… 제가 생각해도 불을 지피는 쪽인 것 같습니다."

"그렇다네? 사실 참모차장 할 때도 김 중위한테 도움을 많이 받았어. 중장 달고 중위 도움을 받을 줄 몰랐는데…… 그렇게 생각했던 게 잘못이야. 계급이 낮다고 능력도 낮은 건 아니잖아? 충분히 회의에 참석할 정도로 뛰어난 친구니까 인정해 줄 건 인정해 주자고."

김현식은 일부러 대한과 여진수에게 도움의 손길을 내밀지 않았다.

두 사람이라면 이들의 압박과 무시를 견뎌 낼 수 있을 것 같아서였다.

아니, 견디는 걸 넘어 준장들의 공격을 버티고 반격까지 해서 눌러 버리기를 바랐다.

그렇기에 생각했다.

'만족하십니까?'

따로 물어볼 필요도 없었다.

김현식의 표정에서 이미 다 드러났으니까.

김현식은 준장들이 아무 대답도 않는 걸 확인하고는 말을 이었다.

"자, 그럼 이제 여 소령이랑 김 중위가 이야기한 대로 계획 수립이나 하자고. 준비되는 대로 가지고 와. 빠르게 보고하고 제대로 준비하게."

"예, 알겠습니다."

준장들이 일제히 답했다.

김현식은 몇 가지 사항을 전달한 뒤 그들에게 나가 보라 말했다.

그들이 자리에서 일어나 집무실을 나가기 전 이상일이 대한에게 물었다.

"두 사람 각자 직책이 뭐지?"

"여 소령은 지원과장이고 전 인사장교입니다."

"흠, 둘 다 바쁘겠네."

이상일이 잠시 생각에 잠기자 대한이 재빠르게 말했다.

"지원과장은 워낙 일을 잘해서 전혀 안 바쁘게 군 생활하는 중입니다."

"아, 그래? 조금 전에 말한 내용 여 소령이랑 같이 고민한 거지?"

"예, 그렇습니다."

이상일이 시선을 돌려 여진수를 바라보며 말했다.

"여 소령, 부대 복귀하면 내 자리로 연락해라."

"예, 알겠습니다!"

이상일에게 씩씩하게 대답한 여진수는 그가 집무실을 나가자 복화술로 대한에게 말했다.

"……방금 뭐 한 거냐?"

"과장님 일 잘한다고 칭찬한 겁니다."

"아닌데? 칭찬을 받은 기분이 아니라 일을 잔뜩 받은 기분인데?"

"오해하신 겁니다."

두 사람이 속닥거리던 그때 김현식이 박수를 치며 말했다.

"두 사람 덕분에 일이 잘 마무리됐네. 처장들이 협조 부탁하면 잘 협조해 주고…… 두 사람이 처장들 상대하고 있을 때 계속 생각해 봤는데 여 소령 보직은 내가 그림을 제대로 그려서 알려 주마."

회의 중에 그런 생각을 했다고?

참나. 이 양반도 참 대단한 양반이구만?

그나저나 이로써 여진수의 보직 문제가 해결되어 안심이 됐다.

'계속 즐겁게 군 생활할 수 있겠네.'

김현식이 그리는 그림이 어떤 것인지는 잘 모르겠지만 멋진 그림이길 바랐다.

대한과 여진수는 김현식에게 경례한 뒤 부대로 복귀했다.

여진수는 복귀하자마자 이상일에게 전화를 걸었다.

통화는 길지 않았다.

여진수가 전화를 끊고는 조용히 한숨을 내쉬자 대한이 물었다.

"뭐라십니까?"

"……회의 내용 정리해서 보내고 구체화해 놓고 대기하라시네. 이것 봐. 칭찬이 아니라 일 떠넘긴 거라니까."

"하하, 왜 그렇게 됐지? 분명 칭찬이었던 것 같은데…… 그래도 좋으시잖습니까?"

"뭐가 좋냐, 어쨌든 준장한테 직접 보고하게 생겨서 벌써부터 스트레스다."

"그래도 국방개혁에 발 담그셨잖습니까."

"국방개혁에 발을 담그다니?"

"일이 이렇게 됐는데 설마 처장님께서 과장님 이름을 빼겠습니까? 사령관님 계시는 동안 과장님 이름을 뺄 용기 있는 사람은 아무도 없을 겁니다."

회의 중에 다른 생각을 하고 있었다고 하더라도 사령관이 직접 주관을 한 회의였다.

그리고 김현식은 하급자의 공을 모조리 인정해 주는 건 물론 하나라도 더 챙겨 주려 하는 인물.

그런 사람 앞에서 공을 채가려 한다?

'목 안 날아가면 다행이지.'

좌천을 당해도 감사할 정도였다.

여진수가 잠시 생각해 보더니 이내 고개를 끄덕였다.

"그렇네. 좋은 거네."

"이왕 이렇게 된 거 중령까지 1차 진급 가시죠."

"참나, 넌 빠지냐? 너도 국방개혁에 발 담가야지."

"아, 전 먼저 지시받은 게 있습니다."

"뭐?"

"단장님께서 휴가 다녀오라고 하셨습니다."

여진수가 고개를 갸웃거리며 물었다.

"뭐? 휴, 휴가?"

"예, 장기 휴가 다녀오라고 하셨습니다. 그래서 여권도 만들었고 다음 달에 출발할 예정입니다."

"……난 휴가 결재한 적이 없는데?"

"문경에서 복귀한 뒤에 제가 직접 종합해서 단장님께 올리는 것으로 바꿔 놨었습니다."

"아, 어쩐지 휴가 건의하는 간부가 없더라."

여진수는 대한이 복귀하고 손을 놓았던 업무들이 워낙 많았기에 휴가는 아예 잊고 있었다.

귀찮은 업무들을 대한이 다시 가져갔다는 것에 고마운 것도 잠시.

"아니, 잠깐. 그래서 얼마나 다녀오는데?"

"원래는 15일 가라고 하셨는데 14일만 가기로 했습니다."

"음, 14일…… 2주나 간다고?"

"이것도 줄인 겁니다."

"조금 더 줄여."

"안 됩니다. 이미 비행기 표 다 끊어 놨습니다."

여진수가 이마에 손을 짚으며 말했다.

"젊은 애들 요즘 해외여행 못 가서 안달이라더니 너도 그러는 거냐?"

"안달 난 건 아닙니다. 그냥 더 늦으면 가기 힘들 것 같아서 가 보려고 합니다."

"그것도 그렇긴 한데…… 하, 상급자는 사무실에서 죽어라 일하는데 하급자는 여자 만들어서 놀러나 다니고 아주 군대 잘 돌아간다."

"군대는 원래 잘 돌아갔습니다. 그리고…… 여자랑 가는 거 아닙니다."

여진수가 대한의 말을 비웃으며 말했다.

"그럼 네 나이에 해외여행을 누구랑 가? 혼자 간다고 하려고? 야, 나는 네 나이 안 겪어 봤을 것 같아? 거짓말도 좀……."

"가족이랑 갑니다. 어머니랑 동생."

대한의 말에 여진수가 순간 굳었다.

이내 어색하게 웃으며 말했다.

"하하…… 여행은 가족이랑 가는 거지. 네가 효자인 건 진작 알아봤다. 멋지다, 대한아."

대한이 피식 웃으며 말했다.

"그럼 다녀오겠습니다."

"가야지. 무조건 가야지. 그냥 하루 더 채워서 15일 다녀와. 가족이랑은 2주도 짧아."

대한은 고개를 내젓고는 본인이 자리를 비우는 동안 여진수가 고생하지 않도록 업무를 모두 처리했다.

그리고 몇 주 뒤.

대한은 박희재와 여진수에게 인사를 한 뒤 대구 집으로 이동했다.

문을 열자 민국이가 대한을 맞이했다.

"충! 성!"

"미필 놈 경례하는 꼬라지 봐라, 손 각도가 그게 맞냐?"

"어휴, 군대 오래 있더니 아저씨 다 됐구만?"

"군대 오기만 해 봐라, 아주 제대로 교육해 준다. 근데 엄마는?"

"잠깐 마트 갔어."

"같이 가지 그랬어."

"형 올 때 집 비우지 말고 여기 있으래."

"그래도 따라갔어야지. 자식이 사회생활을 안 해 봐서 센스가 부족하구만?"

대한은 민국을 지나쳐 방에 짐을 풀고 거실로 나왔다.

소파에 앉자 민국이 파일 하나를 들고 와 대한에게 건넸다.

"이게 뭔데?"

"여행 계획. 잘 봐둬. 보다가 더 가고 싶은 곳 있으면 말하고. 추가할 수 있으면 지금 추가해 놓을게."

대한은 민국이 건넨 파일을 열어 보고는 깊은 한숨을 내쉬었다.

그도 그럴 게 파일에 수십 장의 종이가 꽂혀 있는 건 물론 분 단위로 시간이 쪼개져 있었기 때문이다.

"너 MBTI가 뭐냐?"

"MB 뭐?"

"아, 아직은 이게 유행할 때가 아닌가."

나도 MBTI는 잘 모르지만 아무튼 저 녀석은 J가 확실할 거 다.

대한은 대충 몇 장 넘겨 보고는 다시 민국에게 파일을 넘겼다.

그러자 민국이 파일을 다시 대한에게 떠넘기며 말했다.

"아, 잘 봐. 마음에 안 든다고 뭐라 하지 말고."

대한이 민국을 가만히 바라보며 진지하게 말했다.

"민국아."

"어."

"군소리 안 하고 즐겁게 따라다닐 거라고 맹세할게."

애초에 이러려고 민국에게 계획을 맡긴 것이다.

물론 민국이 이렇게까지 계획을 세우는 것에 진심일 줄 몰랐다.

'엄마도 같이 가는 거라 그런지 신경을 많이 썼네.'

이게 어디 나를 위한 여행인가?

아니었다. 가족을 위한 여행이었기에 엄마와 민국이 만족하면 그만이었다.

민국이 의심스러운 눈으로 말했다.

"불만 가진 표정도 금지다."

"절대. 항상 웃는 얼굴을 유지할게."

"그럼 오케이."

민국은 그제야 파일을 덮었다.

대한은 민국이 본인에게서 떨어지자 본격적으로 휴식을 취했다.

잠시 후, 엄마가 집으로 들어왔고 민국이 파일을 들고 엄마에게 달려갔다.

"엄마, 대한이 형이 군소리 안 하고 다 따라다닌대."

"아, 그래? 그럼 뭐 더 추가해 볼까?"

"내가 생각해 봤는데……."

아, 어디서 저런 성격이 나왔나 했더니 엄마 유전자였구나?

대한은 두 사람의 회의에 휘말리기 싫어 조용히 방으로 들어갔다.

다음 날 아침.

대한은 차를 끌고 인천공항으로 향했다.

여유롭게 구경하며 올라가기 위해 비행기 시간은 오후로 잡았다.

가족들과 휴게소에서 군것질도 하며 휴가를 즐겼다.

'이런 게 휴가지.'

군대도 재밌었지만 이건 또 다른 재미였다.

거기다 가족이랑 여행을 가는 건 처음이었다.

그도 그럴 것이 전생의 가족은 늘 허덕임과 슬픔으로 가득했으니까.

그렇기에 대한은 이 시간을 열심히 즐길 생각이었다.

그렇게 몇 시간 뒤.

인천공항에 도착한 세 사람은 짐을 부친 후 본격적으로 면세점 구경을 시작했다.

대한이 민국에게 물었다.

"시간 얼마나 남았냐?"

"한 20분?"

"많이 남았네. 나 화장실 좀 다녀온다."

"큰 거?"

"어, 큰 거."

"나 그럼 엄마랑 여기 있을게."

대한은 바로 화장실로 향했다.

그때 누군가 화장실에서 급하게 나오면서 대한과 부딪혔다.

"아이고, 죄송합니다."

대한이 먼저 사과했다.

어쨌든 부딪혔으니까.

그러나 부딪힌 남자는 대한을 잠시 노려보더니 아무 말 없이 바깥으로 급히 발걸음을 옮겼다.

'뭐야?'

되게 싸가지 없네?

심지어 자기가 뛰어나오다 부딪힌 거면서.

기분이 좀 별로긴 하지만 그냥 넘기기로 했다.

오늘은 즐거운 여행 날이니까.

그리 생각하며 화장실에 빈칸을 찾았다.

마침 끝자락에 한 칸이 비어 있었다.

그리고 문을 열고 들어간 순간, 대한은 양변기에 이상한 박스를 하나 발견할 수 있었다.

"……이게 뭐야?"

누가 놓고 간 건가?

하지만 누가 놓고 간 거라기에는 박스의 모양새가 좀 이상했다.

종이 박스는 테이프에 칭칭 감겨 있었는데 밑에는 부탄가스

와 생수병 등이 붙어 있었다.

이게 뭐지?

근데 이거 어디서 본 것 같은데…….

그 순간.

'어?'

대한의 머릿속에 전생의 기억 한 줄기가 스쳐 지나갔다.

전생의 기억을 떠올린 대한은 휴대폰을 켜 날짜를 확인했다.

그리고 확신했다.

'이거 그거잖아? 인천공항 가짜 폭탄 테러 협박 사건 때 그 가짜 폭탄.'

말 그대로였다.

이 시기쯤에 인천공항에 가짜 폭탄으로 테러 협박 사건이 일어난 적이 있다.

폭탄 자체는 가짜라서 인명피해는 없었지만, 이 사건이 뉴스에 오른 적이 있는 데다가 이것 때문에 대한도 비슷한 훈련을 해 본 적이 있어 똑똑히 기억했다.

대한은 얼른 박스를 들어 생김새를 자세하게 확인했다.

확실했다.

아니, 모를 수가 없었다.

이 사건 이후로 훈련의 일환으로 똑같은 모양의 진짜 버전을 만들어 본 적도 있었기 때문이다.

'그걸 만드느라 폭탄 사진을 얼마나 봤는데 내가 착각할 수가

없지.'

근데 이걸 실제로 보게 될 줄이야.

그래서일까?

대한은 순간 고민했다.

대한은 이게 가짜라는 걸 알았다.

하지만 이걸 밖에다 신고하면 분명 한바탕 난리가 날 터.

게다가.

'내가 신고한 거니 내가 용의자로 몰릴 수도 있다.'

오해야 어떻게든 풀리겠지만 운이 나쁘면 비행기를 놓칠 수도 있었다.

"……."

대한은 말없이 폭탄을 보았다.

어떻게 가게 된 가족여행인데 이런 식으로 방해받고 싶지 않았다.

그렇기에 빠르게 결정을 내렸다.

'내가 해체하고 아예 없던 일로 만든다.'

괜히 일 키워서 좋을 건 없다고 생각한다.

분명 녀석의 협박 전화야 오겠지만 폭탄 자체가 발견되지 않으면 단순한 장난 전화 선에서 그치겠지.

물론 처벌은 받을 것이다.

공항 같은 곳을 상대로 한 테러성 장난 전화의 처벌은 결코 가볍지 않으니까.

대한은 다시 폭탄 상자를 보았다.

'그나저나 실제로 보니 진짜 조잡하게 생겼네.'

대한은 잠시 고민한 끝에 박스를 들고 화장실 밖으로 나왔다.

괜히 화장실 안에서 이런 걸 만지고 있으면 오해받기 딱 좋았으니까.

그래서 화장실에서 나와 가까운 쓰레기통으로 박스를 가지고 가 테이프를 뜯기 시작했다.

그런데 생각보다 테이프가 잘 풀리지 않았다.

그래서 아예 악력으로 종이 박스 자체를 찢기 시작했다.

순식간에 넝마가 된 종이 박스 안에선 브로콜리, 양배추, 바나나껍질, 기타줄, 전선 등이 나오기 시작했다.

'뭐야, 쓰레기봉투야?'

이런 걸 왜 안에 넣어 둔 거지?

황당했지만 일단 해체에 집중했다.

종이 박스 분해를 마친 대한은 이내 상자 주위에 감겨 있던 가스통들을 분해했다.

가스통 안에는 가스들이 가득했는데 가스만 빼면 해체는 완료였다.

'갖고 나오길 잘했네.'

안에서 가스를 뺄 순 없었다.

화장실 안은 폐쇄된 공간이었으니까.

대한은 쓰레기통 모서리에 가스통을 찍어 조용히 가스를 빼낸 후 나머지 통들도 같은 과정을 거쳐 해체 작업을 완벽하게 끝마쳤다.

'이러면 클리어지.'

생각지도 못한 건 때문에 마려운 똥이 도로 쏙 들어갔다.

하지만 괜찮다.

똥은 비행기에서 싸면 되니까.

대한이 화장실에서 멀어져 다시 엄마와 민국에게로 향했다.

대한을 본 민국이 물었다.

"금방 왔네?"

"군인은 원래 빨리 싸. 가서 면세점 구경이나 하자."

"그래."

이윽고 세 사람은 면세점 구경을 마친 후 비행기에 몸을 실었고 대한이 탄 비행기는 유럽을 향해 날아가기 시작했다.

✼

"후."

한 남자가 공항을 급하게 빠져나왔다.

아까 대한과 부딪혔던 남자였다.

그는 택시를 타고 공항에서 최대한 멀리 떨어진 곳으로 향했다.

계산은 현금으로 치렀다.

그래야 흔적이 안 남을 테니까.

택시에서 내린 남자는 바로 공중전화를 찾아 인천공항 고객센터에 전화를 걸었다.

−네, 인천공항입니다. 무엇을 도와드릴까요?

"여, 여보세요? 내, 내가 좀 전에 인천공항 화장실에 폭탄을 설치했거든? 그, 그러니 어디 한번 자, 잘 찾아봐라. 마, 만약 못 찾으면 아주 끔찍한 사태가 일어날 거다."

−네?!

할 말을 마친 남자는 바로 전화를 끊고 자리를 벗어났다.

그리고 인천공항은 난리가 났다.

"뭐? 폭탄이라고?"

"예! 지금 공항 내에 폭탄이 설치돼 있다고……!"

"장난 전화 아냐? 아니, 장난 전화라도 절대 그냥 넘기면 안 되지! 화장실이라고 했지? 빨리 공항 경찰단한테 전달해!"

대응은 신속하게 이뤄졌다.

누구 하나 협박 전화를 장난 전화라고 넘기는 사람이 없었고 공항 경찰단은 기동대를 파견해 공항 내 모든 화장실들을 뒤지기 시작했다.

동시에 외부에도 협조를 요청해 협박 전화를 한 사람을 추적하기 시작했다.

섣부른 방송을 통해 혼란을 야기시키지도 않았다.

그렇게 시간이 얼마나 지났을까?

"없는데요?"

"뭐지?"

"없는데?"

"모든 화장실을 뒤졌지만 폭탄으로 의심 가는 것은 전혀 찾지 못했습니다."

기동대는 아무것도 찾지 못했다.

그럴 수밖에.

테러범의 폭탄은 대한이 이미 제거했으니까.

혹시 몰라 3회 이상 수색했고 다른 곳도 찾기 시작했으나 발견된 건 아무것도 없었다.

"장난 전화 아냐?"

"아무래도 그런 것 같습니다."

"짜증 나게…… 그래도 다행이다. 진짜 폭탄이면 어쩔 뻔했어?"

"그러게나 말입니다."

그렇게 사건이 일단락되는 듯했다.

얼마 뒤 외부 경찰에게 테러범이 붙잡히기 직전까진.

테러범을 붙잡은 형사가 물었다.

"아저씨, 이런 장난 전화 하시면 안 돼요. 나이도 먹을 만큼 먹으신 분이 왜 그런 장난을 합니까?"

형사의 물음에 테러범은 황당했다.

"자, 장난이라니? 나, 난 진짜 폭탄을 설치했다니까?"

"공항 기동대가 3회 이상 수색했는데 그런 거 없답니다. 아무튼 이게 단순한 119 장난 전화도 아니고 그냥은 못 넘어가요."

"아, 아니, 지, 진짜 폭탄을 설치했대도!!"

"하, 진짜 미치겠네……."

테러범의 발광에 이희경 형사가 미간을 좁힌다.

딱 보니 말도 심하게 더듬는 게 사회 부적응자나 정신병자처럼 보이는데 이걸 믿어 줘야 하나 싶어서.

하지만 다른 곳도 아니고 공항이다.

꺼진 불도 다시 보라는데 그냥 넘겼다가 일이 커지면 그땐 정말 일을 감당할 수 없게 된다.

'진짜 빨리 복권이 당첨돼야 할 텐데…….'

이희경은 이번 주도 낙첨된 복권 종이를 구겨 쓰레기통에 버리며 말했다.

"좋아요, 그럼 그쪽 말이 사실이라고 칩시다. 그럼 증거 있어요?"

"이, 있어!"

"봐요."

"여기!"

이희경의 도발에 테러범이 씩씩거리며 자신의 휴대폰을 열어 사진 몇 장을 보여 주었다.

보여 준 사진은 폭탄을 설치한 직후에 찍은 인증샷이었다.

그 외에도 폭탄 만드는 과정 등의 사진들을 보여 주었는데 그것을 본 이희경의 표정이 심각해졌다.

'뭐야, 이거 진짜야?'

이렇게 되면 일이 좀 커지는데?

이희경이 심각한 표정으로 물었다.

"……아저씨, 이거 진짜예요?"

"그, 그럼 진짜지!"

"알겠습니다. 그럼 저희랑 같이 가서 직접 보여 주세요. 근데 아시죠? 만약 진짜 폭탄이 발견되면 그땐 장난 전화가 아니라 진짜 테러에 대한 처벌을 받게 돼요."

"너, 너도 내가 우스운 거지? 그, 그러니까 내, 내 말 안 믿어 주는 거잖아! 시, 시발! 내, 내가 가서 직접 폭탄 찾는다!"

"네, 알겠습니다. 나 형사, 인천공항 가게 차 좀 준비시켜. 우리 간다고 미리 연락도 좀 넣고."

"알겠습니다."

이희경이 한숨을 내쉬며 테러범과 함께 공항으로 향한다.

✵

이희경과 테러범이 공항에 도착한 후 경찰 기동대 입회 하에 테러범은 당당하게 자신이 폭탄을 설치한 화장실로 향했다.

"여, 여기라고! 내, 내가 여기다 폭탄을 설치했다고!"

테러범은 씩씩거리며 화장실로 들어가 끝 자리에 위치한 변기 칸을 열었다.

그런데.

"어, 어?"

없다.

분명히 있어야 하는 폭탄이 없다.

뭐지?

어디로 사라진 거지?

테러범의 눈이 휘둥그레 커졌다.

그리고 그 반응을 지켜보던 이희경이 조용히 미간을 좁혔다.

"없어요?"

"어, 어디 갔지? 내, 내가 분명히 여기다가 설치했는데……?"

"하……."

"지, 진짜라고! 내, 내가 2시 36분에 여, 여기다가 설치했다고! 여, 여기 이 가방에 넣어서!"

테러범은 사진 파일에 저장된 위치와 시간 정보까지 보여 주며 자신의 결백함을 주장했다.

그러나 그 모습을 지켜보는 형사들과 기동대원들의 표정은 실시간으로 썩어 들어갔다.

그때 한숨을 내쉬던 기동대 팀장이 말했다.

"그래도 증거 사진 같은 것도 있긴 하니까 화장실 앞 CCTV만 조회해 보고 마무리하시죠."

"……그러시죠."

형사와 기동대원들이 보안실로 향한다.

✻

"……"

"……"

보안실.

이희경과 기동대 팀장은 테러범이 말한 시각에 있는 CCTV 영상을 돌려보았다.

그리고 할 말을 잃고 말았다.

"진짜……."

"했네……?"

두 사람이 놀란 이유.

정말 테러범이 화장실에 폭탄을 설치했기 때문이다.

물론 화장실 안으로 폭탄을 들고 가는 게 찍혀 있진 않았지만 정황상 거의 100%였다.

그도 그럴 게 처음 화장실에 들어갈 때 메고 갔던 가방은 불룩했는데 나올 때는 비어서 축 처진 가방을 메고 나왔기 때문이다.

이희경이 이해할 수 없다는 듯이 말했다.

"아니 근데 아무것도 발견 안 됐다면서요?"

"예, 특히 여긴 5번을 넘게 본 곳인데…….

팀장이 이상하다는 듯 머리를 긁적이더니 이내 무전으로 기동대원들에게 연락했다.

"야, 가서 화장실 쓰레기통 좀 확인해 봐라."

-알겠습니다.

근데 분명 화장실 쓰레기통도 확인했는데……?

참 기묘한 일이었다.

그때 이희경 형사의 눈에 계속 재생되던 CCTV 화면이 눈에 들어왔다.

"어, 어?"

"왜 그러세요?"

"저거 아니에요? 폭탄?"

이희경의 말에 팀장은 물론 주변 사람들까지 모두 CCTV 화면을 보았다.

그리고 팀장의 눈도 휘둥그레 커졌다.

"어, 어? 진짜네?"

모두의 눈이 휘둥그레 커진 장면.

그것은 다름 아닌 대한이 가짜 폭탄을 들고나오는 모습이었다.

"영상 좀 스탑 하고 확대 좀 해 주세요."

이희경의 요청에 영상이 중지되고 곧 화면이 확대됐다.

이희경은 테러범에게서 받은 폭탄 사진과 대한이 들고 있는 폭탄 사진을 번갈아 비교하더니 헛웃음을 터뜨렸다.

"맞네. 저거네. 근데 저 사람은 누구야? 일단 영상 계속 재생해 주세요."

다시 재생되는 영상.

그러자 화면 속에 멈춰 있던 대한이 다시 뚜벅뚜벅 걸어가 근처 쓰레기통에서 가짜 폭탄을 해체하는 장면이 송출되었다.

그것은 순식간에 이루어진 일이었다.

이희경과 팀장은 놀란 나머지 입을 다물지 못했고 뒤늦게 정신 차린 팀장이 보안실 직원에게 다른 각도의 CCTV 화면을 요청했다.

대한이 서 있는 쓰레기통에 정면으로 설치되어 있는 CCTV였다.

그러자 사람들은 대한의 폭탄 해체 작업을 더 깔끔하고 더 자세하게 볼 수 있었다.

영상을 보던 이희경이 기가 막혀서 다시 한번 헛웃음을 터뜨렸다.

"뭐야, 저 사람?"

"혹시 그냥 쓰레기인 줄 알았나?"

"아니, 상식적으로 누가 봐도 수상하게 생겼는데 어떻게 저걸…… 잠시만 영상 좀 다시 돌려 주세요."

이희경의 요청에 영상이 되감아졌다

영상은 다시 재생되었고 이희경이 대한의 가스 빼는 장면을 가리키며 말했다.

"저거 보세요. 심지어 테이프 다 뜯고 일부러 가스까지 빼고 있잖아요? 저건 뭘 알고 하는 거예요. 설마 분리수거 습관이 남아서 저러는 건 아닐 거 아녜요."

"진짜 골 때리는 일이네…… 저 사람 누구지? 바로 찾아봐야겠네. 보안팀장님, 저 사람 누군지 조회 좀 가능할까요?"

"아, 바로 한번 찾아보겠습니다."

기동대 팀장의 요청에 보안팀장이 바로 대한의 신원 확보에 나섰다.

그때 이희경이 머리를 긁적이며 말했다.

"아니, 근데…… 그럼 이렇게 되면 그 사람은 진짜 테러범이었던 거네요?"

"그……렇죠?"

"……미친."

순간 두 사람의 온몸에 소름이 좍 돋았다.

만약 폭발물이 저 이름 모를 남자에 의해 해체되지 않고 계속 화장실에 남아 있었다면 얼마나 큰 피해가 생겼을지 상상조차 하기 싫었기 때문이다.

이후, 이희경은 경찰 기동대와 함께 테러범을 데리고 경찰서로 이동해 다시 조사를 시작했다.

"내, 내 말이 맞지?"

"예, 맞네요."

"머, 멍청하긴……."

"아저씨, 이게 지금 좋아하실 일이 아니에요. 제가 미리 경고
했죠? 이거 만약 진짜로 밝혀지면 그땐 진짜 테러 처벌을 받게
된다고."

조사는 전부 다시 이루어졌고 그 과정에서 이희경은 남자가
정신이 아픈 환자라는 걸 알게 됐다.

범행 동기도 별것 없었다.

그냥 여행 가는 사람들을 보고 있자니 배가 아파서.

"나, 난 겨우 청소나 하고 입에 풀칠하며 사, 사는데 그, 그
새끼들은 맨날 해외나 가고……!"

남자는 인천공항에서 가끔 용역으로 청소 일을 하는 사람이
었다.

그래서 폭발물도 자연스럽게 반입할 수 있었던 것.

자초지종을 알게 된 이희경은 미간을 좁혔다.

'하……'

아무리 정신병자라도 처벌을 안 받는 건 아니다.

하지만 경우에 따라 선처가 되거나 솜방망이 처벌을 받게 되
겠지.

조사를 대강 마친 이희경은 밖으로 나와 담배를 태웠다.

스트레스가 가득했다.

이럴 때마다 한 귀로 듣고 한 귀로 흘려야지 싶지만 사람 일

이라는 게 마음처럼 다 이루어지진 않는다.

　그때 후배 하나가 다가와 말했다.

　"조사 끝나셨습니까?"

　"어, 알아보니 정신병자더라."

　"어휴, 그럼 처벌도 크게 안 받겠네요. 그래도 다행입니다.
일이 안 커져서."

　"그래, 좋게 생각해야지. 그나저나 넌 알아보란 건 좀 알아
봤나?"

　"예, 기동대 팀장한테서 방금 연락 왔는데 그 사람 군인이랍
니다."

　"군인?"

　"예, 이름은 김대한이고 20대인데 장교로 복무 중입니다."

　"……요즘 군대에선 폭발물 해체 같은 것도 알려 주고 그러
나? 나도 육군 출신이긴 한데 그런 건 안 배웠던 것 같은데?"

　"특수부대 장교 뭐 그런 거 아닐까요?"

　"그럴 수도 있겠네. 그나저나 장교라…… 그래서 그분 지금
연락 닿았나?"

　"폭발물 처리하고 바로 해외로 나갔답니다. 근데 도착지가
유럽이다 보니 아직 비행기 안에 있을 겁니다. 어떻게, 바로 연
락해 봅니까?"

　"아냐, 좋은 일 하신 분인데 괜히 연락해서 여행 망치지 말
자. 어차피 돌아오는 날짜도 알고 있을 거 아냐?"

"예, 확보해 뒀습니다."

"그래, 그럼 그때 타이밍 맞춰서 참고인으로 부르자고."

"알겠습니다."

그때였다.

"이 형사님, 이게 다 무슨 말입니까?"

불쑥 고개를 들이민 사람.

다름 아닌 나안수 기자였다.

그는 이희경이 근무하는 경찰서를 항상 들락거리는 출입 기자였는데 주로 흡연장 근처에서 매복해 있는 게 특징이었다.

흡연장만큼 좋은 정보 건질 수 있는 곳도 없기 때문.

나 기자가 아는 체하자 이희경이 어색하게 웃었다.

"무, 뭐가요?"

"에이, 또 시치미 떼신다. 저도 대충 들어서 알고 있어요. 그래서, 뭔데요?"

"뭐긴 뭘 뭐예요. 아무것도 아닙니다."

"아이참 또 모른 척 오리발 내미신다. 이러실 거예요, 진짜? 저번 거 기사 안 내는 대신에 조만간 괜찮은 거 있음 하나 준다면서요."

"아니, 그건 그렇긴 한데……."

"나 섭섭해지려고 해요? 우리 사이가 진짜 이것밖에 안 됩니까?"

나 기자의 말에 이희경이 뒤통수를 긁적였다.

후배 놈은 눈치 보고 슬쩍 자리를 뜬 지 오래.

'하, 어쩌지.'

이희경은 고민했다.

이걸 말해 줘야 하나.

그러나 결국 말해 주기로 했다.

곰곰이 생각해 보니 이번 사건에서 자신들의 잘못은 크게 없었으니까.

"알겠습니다. 그럼 커피 한잔하면서 이야기하시죠."

"아, 좋죠. 자판기 콜?"

"……이럴 땐 요앞에 가서 아아라도 사 오셔야 하는 거 아닙니까?"

"하하, 일단 취재부터 하고 제가 사다 드리겠습니다."

나 기자가 신난 표정으로 수첩을 꺼내 든다.

✳

그날 밤.

공병단에서는 점호가 한창이었다.

당직사령인 이영훈이 점호를 마치고 지휘 통제실에 복귀해 의자에 앉아 상황병에게 물었다.

"라면 언제 먹을 거야?"

"지금 드시겠습니까?"

"아, 지금 먹으면 새벽에 배고픈데……."

이영훈이 당직근무 간 세부 계획을 고민하던 그때 습관처럼 시선을 두던 TV에서 뉴스 소식이 흘러나왔다.

-오늘 오후 약 2시경 인천공항에서 테러 사건이 벌어졌습니다.

"테러? 이야, 어떤 미친놈이 인천공항에다가 테러를 하냐."

"그러게나 말입니다. 근데 인사장교님 인천공항 통해서 해외 나가시지 않으셨습니까?"

"그치? 에이 근데 설마 저 때 있었으려고."

"언제 출국인지 아십니까?"

"몰라? 그냥 프랑스 간다고만 들었는데."

그런 대화를 하고 있을 때쯤 뉴스에서 한 CCTV 영상을 보여주었다.

웬 남자가 화장실에서 폭탄을 가지고 나와 자연스럽게 해체하고 사라지는 모습이었다.

아나운서의 설명 또한 덧붙여졌다.

-영상 속 남자는 자연스럽게 폭발물을 해체하고 유유히 자리를 떠났습니다. 덕분에 인천공항은 큰 사고를 모면할 수 있었으며…….

아나운서의 설명이 한창이던 그때, 상황병이 눈을 좁히며 물었다.

"어…… 저기 저 남자, 인사장교님 아니십니까?"

"……너도 그렇게 생각하냐?"

상황병의 물음에 이영훈의 표정이 심각해진다.

생각보다 깔끔한 CCTV 화면.

그리고 그 안에 송출되고 있는 남자는 누가 봐도 자신이 아는 김대한이었기 때문이다.

그 순간, 아나운서의 다음 말에 의해 두 사람의 의심은 확신이 되었다.

─확인 결과, 폭발물을 해체하고 사라진 사람은 대한민국 육군 장교, 김대한 씨로 알려졌으며…….

뉴스에서 김대한 이름 석 자가 흘러나온 순간, 이영훈은 자기도 모르게 자리에서 벌떡 일어났다.

"미, 미, 미친! 진짜 대한이라고?!"

"어, 어, 어!"

확실했다.

뉴스 한켠에 떠오른 대한이의 사진까지 보니 더 부정할 수도 없었다.

이영훈은 너무 놀란 나머지 멍하니 뉴스를 보기도 잠시 다급히 말했다.

"야, 나, 나 단장님한테 좀 다녀온다!"

"아, 예! 아, 어, 어! 주, 중대장님. 그사이에 작전사에서 연락 오면 어떻게 합니까?!"

짬이 좀 찬 상황병이었기에 그 역시 마냥 놀라고 있지만은 않았다.

상황병의 물음에 이영훈이 잠시 고민하고는 말했다.

"그냥 그대로 말해라. 당직사령은 단장님께 보고하는 중이고 단장님 오시면 다시 연락드리겠다고."

"……다, 단장님 오십니까?"

"어, 오실 것 같다. 일단 나 바로 간다."

이영훈은 바로 막사를 벗어나 관사로 향했다.

가는 길에 전화를 했는데 무슨 이유에선지 전화를 받지 않는다.

관사에 도착해 문을 두드리자 마침 샤워를 마친 박희재가 나왔다.

"뭐야? 너 당직근무 중 아니야?"

"예, 맞습니다. 전화를 안 받으셔서 일단 왔습니다."

"뭔데? 무슨 일 터졌어?"

전화까지 했다고?

폰을 보니 정말이었다.

박희재는 이영훈의 심각한 표정을 보더니 이내 자신도 불안해졌다.

"뭔데? 무슨 일인데 이렇게 호들갑이야?"

"일단 뉴스부터 보셔야 할 것 같습니다."

"뉴스?"

이영훈의 말에 박희재는 얼른 티비를 켰다.

그런데 대한의 소식은 이미 지나가서 이영훈은 얼른 휴대폰으로 뉴스를 검색해 박희재에게 보여 주었다.

　　"……이게 뭐야? 대한이가 폭탄 테러를 막았다고?"

　　"예, 뉴스 사실 종합해 보니까 순식간에 폭발물 처리하고 조용히 출국했답니다."

　　"아니, 무슨…… 그게 말이 돼?"

　　"저도 지금 믿기지가 않습니다. 바로 전화합니까?"

　　"어, 야, 바로 해라. 이게 대체 무슨 날벼락이야? 아, 아니지, 내가 해 보마."

　　말 그대로였다.

　　이게 무슨 날벼락이야?

　　박희재가 얼른 휴대폰을 꺼내 스피커 폰으로 전화를 걸었다.

　　그러나.

　　─고객님의 전화기가 꺼져 있어 삐 소리 이후…….

　　돌아오는 건 대한의 목소리가 아닌 음성 안내뿐.

　　박희재가 이영훈에게 물었다.

　　"얘 폰이 왜 꺼져 있냐?"

　　"아직 비행기 안인 거 아닙니까?"

　　"어디 간다고 했지?"

　　"프랑스 간다고 들었습니다."

　　"프랑스면…… 거의 12시간을 비행기에 있어야 하는데 시간을 보니 아직 비행기가 맞겠네. 하…… 속도 좋은 놈, 그 사고를 치고 자긴 비행기를 타?"

"이, 이제 어떻게 하면 되겠습니까?"

"하…… 일단 올라가자. 부재중 떠 있는 거 확인하면 바로 전화 주겠지."

박희재는 서둘러 전투복으로 환복한 후 이영훈과 함께 단으로 향했다.

박희재와 이영훈이 단에 위치함과 동시에 긴급회의를 시작했다.

박희재가 이영훈에게 물었다.

"근데 대한이가 잘못한 건 없잖아?"

"예, 잘못은 전혀 없습니다. 오히려 칭찬받을 일이지 않습니까."

그럼에도 불구하고 두 사람이 긴장을 하는 이유는 전혀 예상하지 못한 꼬투리를 잡히지 않기 위해서였다.

군인…… 아니, 공무원들은 일을 잘해도 별 희한한 걸로 꼬투리 잡히기 마련이니까.

박희재가 걱정스러운 표정으로 말했다.

"……그럼 트집 잡힐 만한 건 있나?"

"딱 떠오르는 건 해외여행과 폭발물 해체 매뉴얼 정도입니다."

"나도 그것 말고는 떠오르는 게 없긴 한데…….."

다행히 아직 어느 곳에서도 연락이 오지 않은 상태였다.

군 내부가 아닌 뉴스에서 먼저 이 상황을 알렸기에 전달되기까지는 시간이 좀 걸릴 터.

그러니 수없이 쏟아질 질문에 대한 답변을 고민할 시간은 지금뿐이었다.

두 사람이 한참 머리를 맞대고 있을 무렵, 지휘 통제실의 전화가 울리기 시작했다.

두 사람은 마른침을 삼켰고 이내 박희재가 천천히 수화기를 들었다.

"공병단장입니다."

ㅡ어, 난데.

나? 나가 누구지?

근데 이 사람은 누군데 이렇게 당당해?

지금 걸려 온 전화는 당직 계통으로 걸려 온 전화일 테고 그렇다는 말은 자신보다 계급이 높은 사람은 없을 터.

아마 높아 봤자 대령.

다시 말해 나와 같은 계급인 인물일 텐데?

그런데도 대뜸 '난데'라며 반말을 한다는 건…….

'어, 설마?'

그 순간 박희재의 등줄기가 오싹해졌다.

"……사령관님?"

ㅡ그래, 나다.

아, 미친.

어쩐지 목소리가 익숙하더라.

박희재는 바로 자세를 바로 한 채 대답했다.

"추, 충성!"

-됐고, 김 중위랑 연락됐어?

"아직 못 했습니다. 현재 비행 중인 것 같습니다."

-그래, 시간으로 따져 보면 그럴 것 같더라. 연착도 안 됐다고 하고.

비행 중? 아닐걸?

"아, 보고 받으신 거 있으십니까?"

-비행기 티켓 끊은 거 보면 이미 도착해서 관광 중일 거다. 연착도 안 됐더라고.

인천공항에서 프랑스 공항까지 최소 14시간.

아직까진 비행기에 있는 게 맞았다.

김현식이 말을 이었다.

-시간 맞춰서 비행기에서 내리자마자 전화해 봐. 그리고 딱히 걱정하지 말라고 전화한 거니까 너무 걱정하지 말고.

정말이었다.

혹시라도 누가 트집 잡거나 잡음이 생기면 방패가 되어 주려고 김현식이 먼저 전화를 한 것.

김현식의 든든한 보호에 화색이 된 박희재가 목청을 높였다.

"예! 정말 감사합니다! 꼭 그렇게 하겠습니다!"

-이제야 좀 공병단장답네. 그리고 혹시나 해서 말하는 건데

거기서 대기하지 말고 관사로 돌아가. 당직계통으로 연락 못 가게 막아 놨으니까. 나중에 김 중위랑 연락되면 나한테 따로 보고하고.

크, 역시 김현식.

그 짧은 시간 동안 해 줄 수 있는 모든 조치를 취해 놓다니.

역시 짬바가 달랐다.

박희재가 또 한 번 목청을 드높였다.

"예. 알겠습니다! 정말 감사합니다!"

─그래, 알아야 할 건 이 정도면 충분하다. 그리고 또 한 번 말하지만, 쓸데없는 걱정일랑 안 해도 돼. 우리 군에서도 이번 건은 제대로 칭찬하려고 준비 중이니까.

"하하, 예!"

─그래, 그럼 수고.

이윽고 김현식이 쿨하게 전화를 끊자 박희재 역시 웃으며 전화기를 내려놓았다.

"이야…… 영훈아. 역시 사령관은 아무나 하는 게 아닌 것 같다."

"왜 그러십니까?"

"이미 조치 다 끝내시고 걱정하지 말라고 연락 주신 거더라."

"와…….”

이영훈이 감탄한다.

처음엔 사령관이 전화했다길래 올 게 왔다고 바짝 쫄아 있었는데 이런 대처라니.

"이럴 줄 알았으면 단장님 쉬시는 거 방해 안 드렸을 텐데 죄송합니다."

"아냐, 좋은 대처였다. 내가 단에 올라오지 않았다면 네가 사령관님 전화를 직접 받았을 텐데 네가 감당이나 할 수 있겠냐?"

"아…… 절대 못 합니다."

"흐흐, 그치?"

박희재가 자리에서 일어나며 말했다.

"통신대기 잘하고 있어야겠다. 사령관님이 통제 중이라고 하셔도 이곳저곳에서 확인하겠다고 연락 오는 곳 있을 거야."

"아, 예. 잘 처리하겠습니다."

"사령관님께서 직접 발표하실 예정이라고 말해 주면 금방 전화 끊을 거다. 아, 그리고 시간 맞춰서 대한이한테 전화해 보고. 연락되면 나한테도 연락 줘라. 나도 전화 한 통 하게."

"예, 알겠습니다."

이영훈은 박희재를 배웅하며 같이 담배를 피우고 다시 지휘통제실로 복귀했다.

✻

그로부터 몇 시간 뒤.

대한은 장기간의 비행을 마치고 프랑스 샤를드골 공항에 도착했다.

"으으……."

자리에서 일어나 기지개를 켜자 온몸에서 뼈소리가 났다.

14시간이 넘는 초장기 비행이었지만 그래도 이만하면 괜찮다는 생각이 들었다.

이코노미가 아니라 일부러 비지니스석을 끊었으니까.

'엄마 때문에라도 비지니스석을 끊었는데 끊길 잘했네.'

비지니스석은 처음 타 보는데 이렇게 좋을 줄 몰랐다.

중간에 밥도 밥이지만 무엇보다도 거의 누워서 간 덕분에 편하게 잘 수 있었다.

심지어 비행기에서 타고 내릴 때도 혼잡하게 줄을 서지 않아도 됐다.

대한이 씩 웃으며 엄마와 민국이에게 물었다.

"다들 어때요?"

"좋네. 진짜 편하게 왔다, 대한아."

"아, 형. 진짜 돈이 최고다."

두 사람 다 엄지를 치켜든다.

이윽고 비행기에서 내린 대한은 느긋하게 짐을 찾은 후 두 사람과 함께 공항을 나섰다.

그런데 공항을 나서기 직전 대한이 두 사람을 멈춰 세웠다.

"아, 잠시만. 나 배가 아픈데 화장실 좀 갔다 올게."

"또? 아까 비행기에서 안 싸고 뭐 했어?"

"그땐 자느라 바빴다."

비행기 탑승 전에 싸려던 똥이었는데 그게 지금에서야 다시 돌기 시작했다.

민국이 고개를 끄덕이며 말했다.

"그럼 나 엄마 사진 좀 찍어 주고 있을게. 얼른 갔다 와."

"오케이."

후다닥 화장실을 찾아 움직이는 대한.

슬슬 한계였다.

그래서 얼른 찾아 화장실에 들어가려는데 웬 외국인 남자와 몸을 부딪쳤고 남자의 짐이 바닥에 쏟아졌다.

그 모습을 본 대한이 얼른 남자의 짐을 주워 주며 사과했다.

"오, 아임 쏘리."

"······아임 오케이."

남자는 건조한 음성으로 고개를 끄덕이더니 느릿하게 짐을 줍기 시작했다.

대한은 슬슬 한계였다.

그래서 최대한 빠르게 짐을 주워 준 후 후다닥 화장실로 들어가 볼일을 봤다.

아니, 보려고 했는데 웬 외국인 남자가 대한을 잡아 세웠다.

"헤이! !@#!%!%!$!"

뭐야? 뭐라는 거야?

아까 그 일행인가?

아, 근데 이젠 정말 한계였다.

대한은 바로 두 손을 모아 '쏘리'를 외친 후 급하게 빈칸에 들어갔다.

"후……."

하마터면 프랑스에 오자마자 바로 바지에 쌀 뻔했다.

대한은 얼른 볼일을 마친 후 화장실을 나섰다.

그런데 아까 대한에게 무어라 했던 외국인이 아직도 그 자리에 서 있었다.

"헤이, !@#!!$!$!"

대한에게 무어라 말하는 외국인.

뭐지? 아까 그 사람 일행인가?

하지만 대한이 부딪쳤던 사람은 보이지 않았다.

그럼 뭘까?

'아, 내가 외국어는 좀 약한데.'

심지어 발음을 들어 보니 영어도 아닌 것 같다.

그래서 난처해하려던 그때, 민국이 나타났다.

"형, 뭐 해?"

"어, 너 마침 잘 왔다. 이 사람이 자꾸 나한테 뭐라고 하는데 너 혹시 외국어 되냐?"

"이 사람이?"

대한이 외국인을 가리키자, 민국은 그를 잠시 쳐다보더니 이내 자연스럽게 그와 대화를 하기 시작했다.

'오, 역시 내 동생.'

우리나라 톱클래스 대학에 다니는 놈답다.

그렇게 흐뭇하게 쳐다보고 있길 얼마간, 이내 민국이 미간을 좁히며 말했다.

"형. 혹시 형 휴대폰 어딨는지 알아?"

"내 폰? 내 폰이야 나한테 있지."

그리 말하며 대한은 자신의 품을 뒤졌다.

그런데.

"……어?"

"하…… 진짜네. 이 사람이 그러는데 아까 형이 화장실 입구에서 부딪힌 사람 있지? 그 사람이 형 휴대폰을 훔쳤다는데?"

"뭐?"

"그래서 아까 바로 말해 줬는데 갑자기 쏘리 하고 화장실로 들어갔다며?"

"아?"

미친.

설마 그것 때문에 날 붙잡은 거였다고?

대한은 그제야 그 외국인을 보았고 대한과 눈을 마주친 그는 고개를 저으며 어깨를 으쓱였다.

"하……."

배가 너무 아파서 신경 쓸 겨를이 없었는데 그게 그거였다니…….

대한이 말했다.

"일단 감사하다고 전해 줘."

"이미 말했어. 저 사람이 그러는데 형이 진짜 안타깝대. 그리고 여긴 소매치기가 진짜 많아서 빈틈 보이지 말래."

"……땡큐."

할 말이 없다.

하지만 이미 엎어진 물인데 어찌하랴?

민국이 안타까운 표정으로 말했다.

"어떻게, 경찰에 신고라도 해 둘까?"

"됐어. 한다고 한들 찾을 수나 있겠냐. 엄마한텐 말하지 마. 괜히 걱정하실라."

"그래도 신고해 두는 게 낫지 않겠어? 안에 전화번호부 같은 거라도 건져야 하는 거 아냐?"

"중요한 자료는 이미 백업해 뒀지. 특히 번호는 수첩에 다 적어 놨다. 물론 그 수첩이 한국 집에 있다는 게 문제지만."

"어휴, 그래도 자료라도 건진 게 어디야. 근데 형 번호 몰라서 어떻게 해? 부대에 보고 같은 거 해야 하는 거 아냐?"

그 물음에 대한은 잠시 생각하더니 이내 고개를 저었다.

"내가 병사도 아니고 괜찮아. 그리고 우리 단장님은 그런 거 별로 안 좋아하셔서. 떠날 때도 그냥 잘 다녀와서 한 번에 보고하라고 하셨거든."

"흠, 그렇다면 다행이고. 그럼 여행 다니는 동안은 폰 없이 다닐 거야?"

"그래야지. 폰은 나중에 들어가서 다시 사든가 해야겠다. 그러니까 네가 나 대신 사진 좀 많이 찍어 줘라."

"그거야 내 전문이지."

아쉽지만 어쩔 수 없다.

이제 와서 휴대폰을 도둑맞았느니 어쩌니 해서 엄마 마음을 불편하게 만들고 싶지 않았으니까.

'폰이야 또 사면 되는 거고.'

대한은 좀 전의 외국인에게 한 번 더 감사 인사를 전한 다음 바로 공항을 나와 민국의 계획대로 움직이기 시작했다.

그런데 막상 휴대폰 없이 여행을 다니자 생각보다 더 괜찮았다.

'맨날 통신 대기 하느라 살짝 긴장 상태였는데.'

덕분에 빠듯한 여행 일정이었음에도 불구하고 오히려 엄마를 더 집중적으로 케어할 수 있었다.

아니, 케어보다는 휴대폰이 없다 보니 자연스럽게 엄마와 나 먼저 사진을 찍는 경우가 많아졌다.

그래서일까?

여행 다니는 동안 엄마가 참 좋아라 하셨다.

"우리 아들 덕분에 이런데도 다 와 보네."

"나도 엄마 덕분에 이런데 다 와 보는 것 같다."

"어이구, 이게 어떻게 내 덕분이야?"

"엄마 덕분이지. 엄마 아니면 내가 이런 데를 와 볼 생각이나 했겠어?"

"그런가? 호호호."

행복한 여행이었다.

그렇게 약 열흘이 넘는 일정을 마무리한 세 사람은 늦지 않게 귀국 비행기에 몸을 실었다.

돌아가는 항공편 역시 비지니스석이었다.

대한은 귀국 비행기에 탑승하자마자 취침 모드에 들어갔고 인천공항에 도착해서야 눈을 뜰 수 있었다.

'끄으으……! 역시 돈이 최고다.'

비행기에서 내린 대한은 집에 가자마자 수첩 찾아서 바로 전화부터 해야겠다고 생각했다.

그리 생각하며 출국장을 나온 그 순간.

"어어?"

"어, 저 사람 아냐?"

"맞는 것 같은데?"

"어, 맞다! 야 찍어!"

퍼퍼펑!

대한을 향해 엄청난 플래시가 터지기 시작했다.

이게 무슨 일이야?

숱한 플래시 세례에 놀란 대한은 눈을 좁혔다.

어디 연예인이라도 왔나?

"어이구, 이게 다 무슨 일이야? 누구 연예인이라도 왔나?"

"연예인?"

민국이와 엄마 또한 같은 반응이었다.

하지만 아무리 봐도 주변에 연예인처럼 보이는 사람은 없었다.

'내가 잘 모르는 사람인가 보지.'

그렇게 생각하며 발걸음을 옮겼다.

그런데.

'어째 왜 날 쫓아오는 것 같지?'

기분 탓이 아니었다.

실제로 카메라들 끝이 자신을 향해 있었다.

대체 왜?

대한이 좀처럼 원인을 찾지 못하고 있던 그 순간.

"대한아!"

익숙한 목소리.

대한은 순간 자신이 잘못 들은 줄 알았다.

그도 그럴 게 이 목소리는 다름 아닌 박희재의 목소리였으니까.

근데 그 양반이 왜 여기 있겠어?

그러나 설마가 설마였다.

"여기다, 여기!"

정말 박희재였다.

심지어 그는 사복이 아닌 전투복을 입은 상태였는데 그 모습을 본 대한은 주마등처럼 수많은 생각이 머릿속을 지나쳐 갔다.

　'뭐지? 대체 왜? 단장님이 왜 여기 계시는 거지?'

　하지만 아무리 생각해도 그 원인을 모르겠다.

　설마 나 배웅한답시고 여기까지 온 건 아닐 거고.

　민국이 말했다.

　"형, 저분 형네 부대 단장님 아니셔?"

　"마, 맞는데…… 일단 갔다 올게. 네가 엄마 좀 챙겨라."

　대한이 얼른 박희재에게 가서 경례했다.

　"충성!"

　"야이 자식아! 충성이고 나발이고 너 왜 이렇게 연락이 안돼?"

　"아, 연락하셨었습니까? 아, 아니지. 일단 죄송합니다. 공항에서 내리자마자 바로 소매치기를 당하는 바람에 휴대폰이 없었습니다."

　"소매치기?"

　소매치기란 말에 박희재가 오른손으로 자신의 두 눈을 덮는다.

　소매치기라니.

　그런 황당한 사연이 있었을 줄이야.

　그때 뒤늦게 대한을 쫓아온 엄마와 민국을 본 박희재가 얼른 인사를 올렸다.

"아이고 어머님? 안녕하십니까, 대한이 데리고 있는 공병단장 박희재라고 합니다."

"아, 단장님이셨군요. 그나저나 단장님께서 여기까진 어쩐 일로……?"

엄마는 물론 대한과 민국도 연유를 몰랐다.

그 물음에 박희재가 대한을 보며 말했다.

"너 유럽 가서 정말 아무런 소식도 못 들은 거냐?"

"어떤 소식 말씀이십니까?"

"너 인마, 출국하기 전에 화장실에서 폭발물 제거했잖아!"

"……아!"

폭발물.

박희재의 입에서 그 말이 튀어나오자 대한은 그제야 이 모든 상황이 이해되기 시작했다.

물론 민국과 엄마는 여전히 아무것도 모르고 있는 상태.

두 사람이 대한에게 물었다.

"폭발물?"

"대한아, 폭발물이라니? 그게 무슨 말이니?"

"그, 그게 어떻게 된 거냐면요……."

어쩐지. 그래서 기자들이 몰려왔던 거구만.

대한이 식은땀을 흘리자 박희재가 대신 대답했다.

"일단 자세한 건 이따 설명 들으시고 대한아, 너 우선 저기 가서 인터뷰부터 좀 해라. 어머니랑 동생분한테는 내가 설명해

드릴 테니까.”

“아, 알겠습니다!”

“참고로 폭발물 제거한 그날 너 뉴스 탔다. 관련 영상들도 싹
다 상부에 올라갔고 사령관님이 직접 브리핑도 하셨어.”

“사, 사령관님께서 직접 말씀이십니까?”

“그래, 인마! 네가 그런 사고를 쳤는데 열흘이 넘게 연락이
안 되니 우리가 얼마나 답답해 죽을 뻔한 줄 아냐? 됐고, 일단
가서 인터뷰부터 해.”

“아, 넵! 알겠습니다! 아, 저 근데 정말 죄송한데 혹시 사령관
님 브리핑 내용 기억하십니까?”

“당연히 기억하지. 왜?”

“그럼 무슨 말씀하셨는지 좀 알려 주십쇼. 그래도 최소한 사
령관님과 말은 맞춰야 하지 않겠습니까?”

그 말에 박희재가 헛웃음을 터뜨렸다.

“이야…… 이 와중에 그 디테일을 살리려고 해? 넌 진짜 난
놈이다.”

박희재가 휴대폰을 꺼내 김현식의 브리핑 기사를 보여 주었
다.

대한은 얼른 기사를 확인한 후 다시 휴대폰을 내밀었다.

“바로 다녀오겠습니다.”

“오냐.”

대한이 바로 인터뷰하러 떠나자 옆에 서 있던 엄마가 박희재

에게 물었다.

"다, 단장님? 이게 다 무슨 말인가요? 폭발물이라뇨?"

"아, 그게요, 어머니······."

박희재가 두 사람에게 인터넷 기사를 보여 주며 설명을 시작했다.

그사이, 대한은 기자들이 몰려 있는 인터뷰 장소로 이동했다.

대기 중인 마이크들.

기자들은 쉴 틈 없이 대한에게 플래시를 터뜨렸고 대한은 마른침을 삼켰다.

'진짜 살면서 별별 일들을 다 겪어 보네.'

어떻게든 눈에 띄지 않고 조용히 해결하려 했던 일인데 결과적으로 더 눈에 띄는 상황이 되어 버렸다.

하지만 그렇다고 후회는 하지 않는다.

어쨌든 중요한 건 테러를 막는 것이었으니까.

그리 생각하며 입을 열려던 그때, 대한의 시야에 익숙한 안면 하나가 들어왔다.

안유빈이었다.

'그래, 안유빈이 이런 곳에 빠지는 게 말이 안 되지.'

안유빈도 대한과 눈을 마주친 걸 깨닫고는 바로 윙크를 해 보였다.

그래서일까?

덕분에 긴장이 확 풀렸다.

대한은 심호흡을 마친 후 바로 질문을 받기 시작했다.

질문 자체는 형식적인 것들이었다.

그럴 수밖에.

사실 이번 사건이 워낙 특이해서 그런 거지 대한이 인플루언서는 아니었으니까.

예컨대.

"왜 그런 선택을 하신 겁니까?"

"왜 아무한테도 안 알린 겁니까?"

"연락은 왜 안 된 겁니까?"

"국민 영웅이 되셨는데 소감은요?"

이런 류의 질문들이었다.

대한은 차분하게 설명했다.

"첫 가족여행인데 방해받고 싶지 않았습니다."

"자랑할 일은 아니라 생각했습니다. 조용히 처리하면 될 거라 생각했습니다."

"유럽에 도착하자마자 공항에서 폰을 소매치기당했습니다."

"영웅이라 생각하지 않습니다."

이어지는 천편일률적인 질문들.

그러다 내내 잠자코 있던 안유빈이 그제야 손을 들었다.

발언권을 얻은 그가 물었다.

"일전에 2작전사령관 브리핑에서 나온 내용들 관련해서 하나

여쭤보겠습니다. 김대한 중위가 미래 군 전력을 책임질 부대의 교관으로 예정이 되어 있다던데 정확히 무슨 임무를 하는 부대입니까?"

어라?

이 이야기가 갑자기 여기서 나온다고?

그 물음에 대한은 순간 입꼬리를 올렸다.

역시 김현식.

대체 어디까지 앞을 내다보고 있던 거야?

게다가 안유빈의 센스도 좋았다.

'이래서 쿵짝이 잘 맞아야 한다는 거지.'

대한이 입꼬리를 올리며 답을 하기 시작했다.

"현재로서는 아군 기동로 확보 및 적의 기습을 차단하기 위한 임무들을 수행하는 부대입니다."

"그렇군요. 근데 굳이 현재라는 말을 붙인 이유가 있을까요? 미래에는 임무가 바뀔 수도 있는 겁니까?"

"예, 그렇습니다."

그 물음에 순간 기자들의 표정이 바뀌었다.

그럴 수밖에.

이건 김현식의 브리핑에 없던 내용이었으니까.

그래서 안유빈도 눈을 조금 키웠다.

그것은 걱정의 눈빛이기도 했지만 감당할 수 있는 말만 하라는 조언의 눈빛이기도 했다.

근데 저 양반은 날 그렇게 겪어 보고도 모르나?

'못 먹어도 고라고 했고 나더러 부대를 만들라고 했다.'

그러니 판이 깔렸을 때 놀아야지.

기회는 아무 때나 찾아오는 게 아니니까.

대한은 안유빈만 볼 수 있게끔 미세하게 고개를 끄덕인 후에 말을 이었다.

"가용 병력이 많은 지금은 앞서 말씀드린 임무만 수행하더라도 전투에서 승리할 수 있습니다. 하지만 가용 병력이 사라질 미래에는 부대원 한 명이 백 명을 대체할 만한 첨단 부대로서 발전할 예정입니다."

"조금 더 상세히 설명해 주실 수 있으실까요?"

"상세한 발전 방향에 대해서는 말씀드리기 힘들 것 같습니다."

대한의 말에 기자들이 아쉬운 표정을 지었다.

그 모습을 보고 있자니 기가 찼다.

다들 미필인가?

적에게 전력을 알려 주는 바보가 어디 있나?

이 정도 말해줬으면 대충 유추할 줄도 알아야지.

대한이 그대로 입을 다물자 기자들이 연달아 손을 들었다.

국민 영웅에게서 새로운 떡밥의 냄새가 나니 참을 수가 없는 것이다.

하지만 그렇다고 해서 대한의 입에서 쓸 만한 정보가 나오진 않았다.

대한은 베테랑이었으니까.

이윽고 더 이상 질문하는 기자가 없자 대한이 조심스레 물었다.

"저…… 그럼 이만 가족들이 기다리고 있어서 그런데 인터뷰는 여기까지 해도 되겠습니까?"

다들 동의하는 분위기였다.

그 물음에 안유빈이 물었다.

"그럼 마지막으로 하시고 싶은 말씀 있으시면 해 주시겠습니까?"

그의 물음에 대한은 잠시 고민했다.

그리고 이내 미소를 지었다.

뻔한 말을 하려다 좋은 생각이 났기 때문이다.

"그럼 기자님들께 부탁 하나만 드려도 될까요?"

"어떤 부탁 말씀이십니까?"

"다른 건 아니고…… 현재 부대원 모집이 수월하게 진행되고 있지 않아서 그런데 혹시라도 자기가 강한 사람이라 생각하는 사람이 있으면 저희 부대에 지원 좀 해 달라고 홍보해 주십쇼."

그 말에 순간 기자들이 벙찐 표정을 짓더니 이내 웃음을 터뜨렸다.

"하하, 알겠습니다."

"재밌는 분이시네."

유한 분위기들.

그 분위기 속에 대한도 웃었다.

"감사합니다. 그럼 다들 수고하셨습니다."

대한은 고개 숙여 인사했고 마침내 기자들로부터 벗어날 수 있었다.

인터뷰를 마친 대한은 자신을 기다리는 사람들에게로 향했다.

그런데 자신을 기다리는 사람들 중 유독 한 사람의 표정이 좋지 못했다.

엄마였다.

대한이 다가오자 엄마가 대한의 등짝을 때리며 말했다.

"너 이놈 시키! 그 위험한 걸 대체 왜 겁도 없이 막 만지고 그래!"

"아우, 엄마. 그거 그렇게 안 위험했어. 나도 다 알고 만진 거야."

"테러범이 설치한 폭발물인데 그게 어떻게 안 위험해! 넌 무슨 목숨이 두 개야?!"

"그, 그건 아닌데……!"

그 모습을 지켜보던 민국도 말했다.

"와, 형도 진짜 또라이다. 아니, 세상에 여행 방해받기 싫어서 몰래 그걸 해체하는 사람이 대체 어딨어?"

"야, 명색이 우리 가족 첫 해외여행인데 테러범 때문에 지장이 있어서야 쓰겠냐?"

"이놈 자식이! 그게 말이야, 방구야!"

"아, 엄마, 아파! 아파! 그만! 그만!"

"넌 애가 잘하는 것 같다가도 가끔 이렇게 사고를 치더라, 어휴!"

그렇게 등짝 맞기를 얼마간.

겨우 엄마 손에서 풀려난 대한이 헛기침을 하며 말했다.

"흠흠, 그래도 난 내 선택에 후회 안 합니다. 내가 나라 지키는 군인인데 내가 안 하면 누가 합니까, 그걸?"

"어휴, 뚫린 입이라고 진짜…… 그래, 너 잘났다. 나도 네 엄마로서 때린 거지 우리나라 국민으로서 때린 거 아니다?"

"아이구, 여부가 있겠습니까."

"아이구, 아들아…… 아무리 그래도 그렇지, 다음번엔 절대 네가 먼저 나서지 않았으면 좋겠다. 네가 첫 여행부터 이러면 내가 다음부턴 불안해서 어떻게 여행을 따라오겠니?"

"아…… 그건 안 되지."

그 모습을 지켜보던 박희재가 웃으며 말했다.

"하하, 그래. 대한아. 네가 아무리 군인이라지만 또 어머님 아들이기도 하지. 그러니 다음부턴 무모한 짓 하지 말거라. 이번엔 나도 많이 놀랐다."

"죄송합니다."

"나한테 죄송할 건 없지. 죄송한 게 있다면 어머니한테 죄송해야지. 인터뷰는 잘 들었다. 넌 그 와중에 홍보를 하냐?"

"기회가 있을 때 해야 하지 않겠습니까. 지금처럼 홍보 효과 확실할 때도 잘 없을 텐데 좋은 기회라고 생각했습니다."

"너도 참 너다."

그때였다.

위잉!

박희재의 휴대폰이 울렸다.

그리고 발신자를 본 박희재가 얼른 전화를 받았다.

Chapter 5

"충성! 대령 박희재, 사령관님 전화 받았습니다!"

발신자의 정체는 김현식이었다.

김현식이 물었다.

-김 중위는 잘 도착했나?

"예, 도착하자마자 인터뷰하고 지금 대구로 출발할 예정이었습니다."

-인터뷰 간 별일 없었지?

"예, 평소처럼 대답도 잘했고 홍보도 완벽하게 했습니다."

-홍보?

박희재가 대한을 바라보며 미소를 지었다.

"마지막으로 하고 싶은 말 없냐길래 대한이가 그때 EHCT 팀에 지원 좀 해 달라고 홍보했습니다."

―뭐? 하하하!

이 미친놈.

그 와중에 홍보할 생각을 다 하다니.

참 대한이답다는 생각에 웃음이 터졌다.

―그놈도 참 그놈이네. 그나저나 연락은 왜 안 됐다던?

"그게…… 놀랍게도 공항에서 내리자마자 소매치기를 당했답니다."

―소매치기?

"예, 그래서 연락을 못 했다고 합니다."

―나 원 참…… 장교라는 놈이 이국 땅 가서 소매치기나 당하고 말이야. 단장, 이게 맞나?

"확실하게 교육시키겠습니다."

―나라면 절대 안 당했을 거다.

"저도 마찬가지입니다."

그 단장에 그 대장이다.

두 사람의 대화를 들은 대한은 생각했다.

'나중에 어디 소매치기라도 고용해 오든지 해야지 원.'

그래야 내 억울함이 덜할 테니.

김현식이 말했다.

―그래서, 여행은 잘 즐겼다던?

"예, 휴대폰이 없어서 조용히 즐기다 온 것 같습니다."

-그럼 됐네. 아참, 근데 홍보면 슬슬 상징 명칭이라도 있어야 하지 않나?

"상징 명칭 말씀이십니까?"

상징 명칭이란 부대 전통이나 소속감을 위해 붙이는 별칭이다.

예를 들어 백골부대나 이기자부대 같은 이름들이 여기에 속한다.

-어, 언제까지 EHCT 팀이라 부를 순 없잖아? EHCT 팀이 다른 공병단에 없는 것도 아니고 특수부대라면 상징 명칭 하나는 가지고 있어야지.

흠, 그것도 맞지.

박희재가 대한을 슥 바라봤다.

대화를 듣고 있던 대한이 박희재의 눈빛을 느꼈다 하더라도 해 줄 말은 없었다.

'이건 바로 대답할 수 있는 게 아니다.'

무려 명칭 문제다.

이건 신중해야 했다.

대한이 손을 내젓자 박희재가 말했다.

"김 중위랑 고민해 보고 보고드리겠습니다."

-김 중위 휴가 끝나는 날 보고 받으면 되겠나?

"예. 그때 보고드리겠습니다."

-알겠다. 휴가 복귀해서 출근하는 대로 두 사람 다 작전사

에 들러라.

"예, 알겠습니다."

김현식과의 전화는 그렇게 종료가 되었고 박희재가 숨을 크게 골랐다.

대한이 그에게 물었다.

"사령관님께서 상징 명칭 만들어서 보고하라고 하십니까?"

"어, 너 휴가 끝나는 날 작전사 가서 보고드리면 될 것 같다. 생각해 놓은 거 있나?"

"아뇨, 아직 없습니다."

"흠, 상징 명칭은 소속감이 중요한데 소속감이 느껴질 만한 별칭이 뭐가 있으려나."

"소속감이라……."

이왕 짓는 거 멋지게 짓고 싶었다.

하지만 이미 강하고 멋진 명칭들은 다 사용 중이었다.

'이런 건 깊게 고민하면 안 돼.'

고민한다고 해서 엄청난 명칭이 나온다 확신할 수 있는 것도 아니었다.

대한이 잠시 고민하고는 입을 열었다.

"땅벌 어떻습니까?"

"땡벌?"

"아니, 땡벌 말고 땅벌 말입니다."

"땅벌? 왜 땅벌이냐?"

"다른 벌들도 비슷하겠지만 땅벌은 집이 건드려지는 즉시 군체 전원이 밖으로 출동해서 공격하지 않습니까? 저희 EHCT 팀도 이와 비슷하다는 생각이 들었습니다."

"흠, 급조폭발물도 따지고 보면 공격이긴 하지."

"예, 그리고 집의 의미를 국가로 한다고 생각하면 괜찮지 않겠습니까?"

박희재가 고개를 끄덕이며 답했다.

"어차피 선제 타격을 하는 부대는 아니기도 하고 잘 어울리는 것 같네."

"그럼 보고하러 가기 전까지 좀 추가할 내용들 있으면 추가해서 보고드리겠습니다."

"그 정도만 말해도 만족하실걸? 상징 명칭은 직관적인 것이 좋아. 그런 의미에서 땅벌 괜찮은 것 같다. 근데 넌 땅벌에 대해 왜 그렇게 잘 아냐."

"그냥 저번에 티비에서 봤습니다."

정말이었다.

동물 다큐에서 본 것이었으니까.

그나저나 기분이 묘했다.

내가 직접 부대 명칭을 짓게 되다니.

'이번 생엔 족적을 제대로 남기는 것 같네.'

물론 누가 지었는지도 모르게 넘어갈 수도 있었다.

하지만 김현식의 성격상 부하들의 공은 그대로 남겨 두기에 대한이 상징 명칭을 만든 것 또한 그대로 남겨 둘 터.

'이름을 지어 줘야 더 애정이 간다고 했던가?'

맞는 말인 것 같다.

EHCT가 땅벌부대라 생각하니 더 애착이 가는 것 같았으니까.

박희재가 대한의 어깨를 툭 치며 말했다.

"이제 팀장 아니라 땅벌부대장이냐?"

"아…… 부대장이 되는 겁니까?"

"단위가 바뀌었으니 명칭도 바뀌어야지. 그리고 부대장이 교관 임무를 하는 건 당연한 거니 이상하지도 않잖아?"

"그래도 부대장이라는 이름은 좀 부담인데……."

중위가 무슨 부대장이냐.

어디 가서 그런 식으로 직책 소개를 한다면 보이스카웃이냐고 놀릴 것이 뻔했다.

박희재가 씨익 웃으며 말했다.

"네가 부담을 느껴도 어쩔 수 없다. 우리가 부대장이라 부르기 시작하면 다들 그렇게 부를 거니까."

아휴, 그건 또 그렇지.

대한은 이왕 이렇게 된 거 그냥 받아들이기로 했다.

"부대장에 어울리게 열심히 해 보겠습니다."

"너야 항상 열심히 하잖냐. 무튼 장거리 비행이라 피곤할 텐데 얼른 내려가거라. 내려가는 길 조심하고."

"예, 단장님도 조심히 내려가십쇼. 이틀 뒤에 뵙겠습니다."

박희재는 가족들과 인사를 나눈 뒤 그대로 본인의 차량으로 향했다.

대한과 가족들 또한 대구로 복귀하기 위해 차에 탑승했다.

※

그로부터 이틀 뒤.

대한이 장기휴가를 마치고 부대로 출근했다.

지원과에 들어서자 일찍 출근해 있던 여진수가 대한을 반겼다.

"이야, 이게 누구야! 나의 영웅 너의 영웅 나라의 영웅, 구국의 영웅 김대한 씨 아니야?"

"하하……."

얼굴 보자마자 이런 반응이라니.

오늘 하루가 굉장히 피곤할 것 같다.

대한은 자리를 정리함과 동시에 여진수에게 여행 이야기를 풀었다.

여진수는 대한의 이야기를 흥미 있게 듣더니 이내 혀를 찼다.

"쯧쯧, 나라면 소매치기 안 당했다."

"그 말 벌써 질리도록 들었습니다."

"이래서 중위 짬찌는 안 돼."

"하……."

진짜 어디서 전문 도적이라도 초빙하든지 해야지 원.

대한은 이어서 여행 이야기를 했다.

그런데 이야기가 거의 끝나 갈 무렵, 여진수가 미간을 좁혔다.

"이게 다야?"

"그럼 뭐가 더 있어야 합니까?"

"로맨틱의 대명사 프랑스까지 갔는데 운명의 상대 뭐 이런 거 없어? 바게트 여인 말이야."

"가족끼리 갔는데 그런 일이 있겠습니까?"

"에휴, 가족들도 네가 연애하길 바라고 있을걸? 어머니한테 연락드려 봐?"

대한이 잠시 엄마의 얼굴을 떠올렸다.

그리곤 고개를 내저으며 답했다.

"안 하셔도 될 것 같습니다. 어머니도 같은 생각이실 것 같습니다."

"그냥 효도 관광이었구만. 에이…… 됐다. 일이나 하자."

나름 재미있었는데 왜 그러지.

뭐, 일할 시간이 확보되었으니 다행인가.

'얼른 보고 자료 만들어서 사령부로 가야 해.'

다른 사람도 아니고 사령관을 기다리게 할 순 없지 않은가.

중요한 보고 내용은 아니었어도 김현식의 관심이 높은 사안이었다.

그리고 대한 또한 관심이 컸다.

'내 인터뷰 반응이 궁금하네.'

아직 대한이 확인할 수 있는 건 없었다.

하지만 김현식이라면 다르겠지.

그에게 직접 들어오는 이야기가 따로 있을 터.

대한이 빠르게 보고 자료를 만들던 그때.

이영훈이 지원과의 문을 열고 들어왔다.

"야, 대한아 너 조기진급하겠더라?"

"충성, 그게 무슨 말씀이십니까?"

"이번에 인천공항에서 표창 준다던데? 그런 거 받으면 조기 진급하는 거 아냐?"

조기진급은 병사만 있는 것이 아니었다.

간부들도 조기진급을 한 사례가 있긴 했다.

물론 이는 굉장히 어려웠다.

무공훈장 정도는 받아 줘야 조기진급을 할 수 있었다.

대한이 이영훈에게 입을 열려던 그때, 여진수가 대답을 대신했다.

"영훈아, 민간 표창으로 조기진급 할 것 같았으면 대한이 벌써 소령 달고도 남았다."

"아, 그렇습니까?"

"그래, 굵직한 표창만 몇 갠데 그거 다 진급용으로 쓰였으면 넌 대한이한테 먼저 경례해야 해."

"아…… 그건 안 됩니다."

"그러니까 그냥 조용히 있어 조기진급 같은 소리 하지 말고. 나도 대한이한테 경례해야 할 것 같아서 겁나니까."

대한이 조기진급을 하는 순간 개족보가 되는 건 시간문제였다.

여진수의 말에 대한이 웃었다.

"두 분한테는 제가 언제든 경례해야죠. 한번 상급자는 영원한 상급자 아니겠습니까?"

"이야, 군 생활 대충하면 안 되겠네. 너한테 따라잡히지 않기 위해서라도 최선을 다해야겠어."

농담도.

어차피 한두 기수 차이도 아닌데 정말 전쟁이라도 터지지 않는 이상 대한이 이영훈의 계급을 역전하는 건 불가능했다.

이윽고 이영훈이 대한의 곁에 붙어 앉아 모니터를 구경하기 시작했다.

"근데 넌 오자마자 무슨 보고서냐?"

"아, EHCT 팀 상징 명칭 관련 보고서입니다."

"오, 벌써 상징 명칭이 나왔어? 근데 왜 이걸 네가 하고 있어?"

"사령관님이 직접 보고하라고 하셔서 준비 중입니다."

"사령관님?"

"예, 그렇습니다."

"이야…… 진짜 계급 따라잡힐까 겁나네. 국민 영웅은 직접 보고하는 분도 스케일이 다르구만? 그나저나 땅벌부대? 이름 잘 지었네. 숨어 있다가 전력으로 타격한다는 뜻인가?"

대한이 키보드를 두드리는 걸 멈추고는 이영훈을 바라봤다.

"오…… 괜찮은 것 같습니다. 또 뭐 없습니까?"

"으, 응?"

"아니, 부대 슬로건을 정하는 중인데 며칠을 고민해 봐도 마음에 쏙 드는 게 없습니다. 좀 도와주십쇼."

대한의 도움 요청에 이영훈이 의자를 가져와 앉았다.

"그런 건 내가 전문이지. 음…… '우리는 오늘만 산다. 내일은 없다.' 어때?"

"……좀 이상하지 않습니까?"

"그래? 그럼 '기다리다 지쳤어요'는 어때?"

"땡벌 드립 치려고 그러시는 겁니까?"

"정답."

"사령관님께 그대로 말씀드립니다?"

"미안하다."

이후 이영훈은 몇 가지를 더 추천해 주었지만 대한의 마음에는 들지 않았다.

그때, 두 사람의 대화를 가만히 듣고 있던 여진수가 입을 열었다.

"조용히 살고 싶다면 건드리지 말아라는 어떠냐?"

그러자 이영훈이 손을 내저으며 말했다.

"에이, 과장님. 깡패들도 아니고 그게 뭡니까?"

"왜, 강해 보이고 좋잖아."

이영훈이 뭐라 반박을 하려던 그때.

대한이 고개를 끄덕이며 답했다.

"좋은 것 같습니다. 제가 원하던 이미지랑 딱 맞습니다."

"그, 그래?"

"예, 부대랑 잘 어울리기도 하고 과장님 입에서 나온 것도 마음에 듭니다."

여진수가 흐뭇하게 미소를 짓는 것도 잠시.

"내 입에서 나온 건 왜 마음에 드는 거냐?"

"과장님 아이디어라고 말씀드릴 겁니다."

"……왜?"

"저도 이런 거 쓰고 싶었는데 사령관님께 혼날까 봐 망설이고 있었습니다. 일과 시작하면 같이 사령부로 출발하시면 될 것 같습니다."

그 말에 이영훈이 안도의 한숨을 내쉬며 말했다.

"휴, 안 건드리길 잘했네. 덕분에 조용히 지낼 수 있겠어. 과장님, 그러게 왜 건드리셨습니까? 가만히 계셨으면 조용히 살기 가능이었는데."

"하, 이걸 이렇게 당하네. 근데 부대 운영 정말 잘해야겠다.

부대 운영 개판으로 하면 땅벌이 아니라 진짜로 땡벌 소리 듣게 생겼어."

"……무조건 잘할 겁니다."

땡벌 부대라니.

그렇게 놀림받을 생각을 하니 벌써부터 머리가 아팠다.

이윽고 보고서 작성을 마무리한 대한은 일과가 시작되자마자 곧장 사령부로 향했다.

사령부에 도착하자마자 김현식 부관의 안내를 받아 집무실로 향했다.

집무실에 들어가자 여유롭게 커피 마시는 김현식을 볼 수 있었다.

박희재가 우렁차게 경례했다.

"충! 성!"

"어, 충성. 앉거라."

박희재가 자리에 앉으며 물었다.

"스트레스 받으시는 일이 많이 줄어드신 것 같습니다."

"하하, 표가 나나?"

"예, 안색이 많이 밝아지셨습니다."

김현식이 대한을 흘끔 바라보고는 말을 이었다.

"2주 전인가? 그때만 해도 스트레스가 극에 달했었는데 이틀 전부터 스트레스가 싹 사라졌지."

박희재는 김현식의 스트레스 원인을 바로 파악하고는 어색하게 웃어 보였다.

김현식이 대한을 향해 말했다.

"김 중위, 네 덕분에 정신없이 돌아다녔다. 그건 잘 알고 있지?"

"……죄송합니다."

"하하, 사과받으려고 한 말은 아니고 내가 고생 많이 했다는 걸 알아는 두라고. 어쨌든 네가 잘못했던 일도 아니고 나한테도 엄청 좋은 결과가 되었으니 죄송할 건 하나도 없다."

정말이었다.

공항에서의 인터뷰 이후 대한이 주목을 받는 것만큼 주목을 받은 사람.

바로 김현식이었다.

'역대급 사령관이랬나?'

군대에서 대한과 같은 인재들이 날뛸 수 있는 자리를 만들어 주는 것은 굉장히 힘든 일이었다.

그도 그럴 것이 아무리 사령관이라 해도 눈치를 볼 곳이 많았으니까.

하지만 이젠 그렇게 눈치 보는 것도 끝이었다.

대한이 전 국민에게 인정받는 일을 해 버렸고 대한에게 보내는 칭찬만큼 김현식도 칭찬받는 중이었다.

이런 상황에 누가 김현식에게 눈치를 주겠나.

사령부 지휘에 있어 날개를 단 상황이었다.

대한이 씩씩하게 답했다.

"예, 알겠습니다!"

"그래, 설령 잘못한 게 있더라도 기죽지 마. 한 부대의 장이라는 놈이 그렇게 기죽어 있으면 어느 부하가 너를 따르겠어?"

"명심하겠습니다."

김현식이 미소를 보이고는 대한의 손에 들린 것을 가리키며 물었다.

"지금 바로 보고할 거야?"

"예, 바로 보고드리겠습니다."

"줘 봐."

대한이 김현식에게 보고서를 건네고는 바로 설명을 시작했다.

"EHCT 팀의 상징 명칭으로……."

"됐어. 나도 글씨 읽을 줄 안다. 내가 다 읽어 보고 궁금한 거 물어보마."

"……예."

보고서의 내용이 많지 않았기에 김현식은 보고서를 순식간에 읽어 내려갔다.

그러다 보고서 한 부분에 시선이 멈췄다.

"……조용히 살고 싶다면 건드리지 마라?"

"그게 땅벌부대 슬로건입니다."

"진짜 이걸로 하겠다고?"

"제가 생각하는 부대의 모습과 딱 맞는 슬로건이라 생각합니다."

김현식이 보고서를 책상에 내려놓고 대한을 빤히 바라봤다.

그렇게 어색한 공기가 흐르는 것도 잠시.

그가 웃음을 터트리며 말했다.

"하하, 예전부터 이런 슬로건을 가진 부대가 있다면 어떨지 생각했었는데 이렇게 만들게 되는구나."

김현식의 반응에 대한이 미소를 지었다.

그리고 여진수를 가리키며 말했다.

"여진수 소령이 추천해 줬습니다."

"아, 그래?"

책임은 나에게, 공은 상급자에게 돌려줘야지.

여진수가 자세를 다시 바로하며 큰 목소리로 답했다.

"김 중위를 보고 생각나는 말을 해 주었을 뿐입니다!"

"뭐? 하하! 그렇지. 김 중위 건드렸다가는 조용히 살기 힘들지."

뭐지. 칭찬인가?

욕을 돌려서 할 양반이 아니었기에 칭찬이라 생각하기로 했다.

김현식이 대한에게 말했다.

"이 보고서는 그대로 두고 가거라. 내가 전부 반영해 줄 테니까."

"감사합니다."

"땅벌부대장으로서 사령관에게 원하는 게 있나? 조만간 부대 이동해야 하는데 떠나기 전에 선물 하나 해 주마. 뭐든 말해 보거라."

사령관이나 되는 인물이 뭐든 말해 보라 하니 정말 대한의 공이 크긴 컸나 보다.

대한은 이전에 받았던 비슷한 제안을 떠올렸다.

'그때는 여진수의 보직 문제를 해결했었지.'

사실 그때도 딱히 원하는 게 없었는데 마침 여진수가 보여서 끼워 넣은 것이었다.

지금이라고 그때와 상황이 다르진 않았다.

그래서 곤란했다.

'뭘 달라고 하지?'

그렇다고 이런 기회를 그냥 날릴 순 없는 노릇이었다.

대한이 말없이 머리를 굴리자 김현식이 말했다.

"너처럼 원하는 거 없는 놈도 찾기 힘든데…… 천천히 생각해 보고 공병학교로 가기 전까지만 말해라."

"아, 예. 알겠습니다."

김현식이 세 사람을 훑어보고는 입을 열었다.

"내가 부대 상징 명칭 하나 보고 받자고 자네들을 여기까지 부른 건 아니고…… 이번 일로 인해 자네들에게 강조해야 할 사항이 생겨서 이렇게 따로 부른 것이다."

세 사람이 다시 자세를 바로하고는 김현식의 말에 집중했다.

"일단 부대 전술 관련 연구를 철저히 해야 할 거다. 전 군은 물론 국민들까지 관심을 가지게 된 만큼 어설프면 안 돼. 내 말 무슨 말인지 알겠지?"

"예, 알겠습니다."

"아무것도 없는 황무지에 건물을 올리는 기분이겠지만 그래도 해낼 거라 믿는다. 그럼 다음 건으로는 슬슬 타국에서 위탁 교육 신청이 들어오고 있다. 일단 대기시켜 놓으라고 하긴 했는데 어떻게 했으면 좋겠나?"

뭐? 위탁 교육?

그걸 왜 땅벌부대로 들어온다는 것이지?

대한이 놀란 표정을 하자 김현식이 설명을 해 주었다.

"전 세계 각 군에서 김 중위가 폭발물을 처리하는 실력에 충격을 받은 것 같다. 우리나라보다 폭발물로 인한 피해들이 많은 곳이다 보니 이해는 되는 부분이었다만…… 어떻게, 이번 기회에 다른 나라 군인들도 훈련시킬 수 있겠나?"

이건 부대장이자 교관인 대한을 향한 질문이었다.

대한이 잠시 고민하고는 답했다.

"배려는 없다고 확실하게 전달해 주시면 훈련시켜 주겠습니다."

"그건 당연하지. 로마에 가면 로마법을 따라야 하듯 그건 당연한 거야. 그러니 그 부분은 걱정하지 마라."

김현식은 내심 대한이 거절하지 않길 바랐다.

그도 그럴 것이 대한민국군을 전 세계에 알릴 절호의 기회였으니까.

하지만 이를 담당하는 것이 고작 중위였다.

위탁 교육을 오는 군인들이 대부분 대위급이라는 걸 생각한다면 부담스러울 수도 있는 상황.

하지만 대한은 전혀 부담스러워하지 않았다.

잠시 고민을 했던 것도 단지 귀찮을 것 같아서 고민한 것뿐.

'말도 안 통하는데 잘 배우고 갈 수나 있겠어?'

어차피 못 배우고 갈 것이라면 애초에 안 받는 것이 맞았다.

그런데 막상 생각을 해 보니 몸으로 대화하는 법도 있었다.

'그냥 계속 굴리다 보면 알아서 되겠지.'

대한이 김현식에게 말했다.

"아, 그리고 훈련 중에는 통역병을 동행시키지 않겠습니다."

"음? 말이 잘 안 통할 텐데?"

"그건 위탁 교육 온 군인들이 알아서 헤쳐 나가야 할 문제라고 생각합니다."

"네가 답답하지 않겠어?"

"전 괜찮습니다."

"그래, 네가 괜찮다면 상관없지. 그 내용도 전달하마. 마지막으로 공병학교에 가면 다른 병과들을 조심해라."

그의 말에 대한이 고개를 갸웃거리며 물었다.

"다른 병과를 조심하라는 것이 무슨 말씀이십니까?"

"정확히 말해서 다른 병과라기보다 땅벌부대 같은 특수부대들을 말하는 것이긴 한데…… 모르겠다. 질투인지 승부욕인지 너희들에게 관심이 많더구나."

여기저기서 김현식을 귀찮게 하는 사람이 많은 것 같았다.

김현식이 말을 이었다.

"무튼 내가 강조할 건 여기까지다. 명령은 조만간 날 테니 부대 정리 잘하고 있도록 해. 공병학교로 간다고 공병단 방치하지 말고 내가 계속 지휘해야하는 곳이란 걸 생각해 주거라."

박희재가 미소를 지으며 답했다.

"그건 걱정 안 하셔도 됩니다. 여전히 뭐든 믿고 맡길 수 있는 간부들이 많습니다. 사령관님께서 원하시는 지휘를 하심에 부족함이 없을 겁니다."

"자네가 이렇게 자신 있어 하는 거 보니 진짜인가 보네. 참 운도 좋아. 어떻게 좋은 부하를 이렇게 많이 두고 지휘관을 했어?"

"하하, 최근 일이 년을 제외한 모든 군 생활 동안 고생을 많이 해서 이제서야 보상을 받는 것 같습니다."

"난 군 생활 내내 고생하는 것 같은데……."

"사령관님께서는 부하가 아닌 다른 것으로 보상을 받으시지 않겠습니까?"

"뭐, 계급?"

"아닙니다. 사령관님은 보상 없이도 대장까지 진급하셨을 겁니다."

이야, 박희재가 어쩐 일이래?

이런 말을 할 줄 모르는 양반인 줄 알았더니.

'이때까지 입 발린 소리를 하고 싶은 사람이 아무도 없었나 보네.'

김현식도 의외라는 듯 박희재를 빤히 바라보며 말했다.

"김 중위가 어디서 군 생활을 배웠나 했는데 역시 자네였구만."

"하하, 아닙니다. 제가 김 중위한테 군 생활을 다시 배웠습니다."

"교관 아니랄까 봐 단장도 가르치고 있었구만?"

대한이 웃으며 답했다.

"저흰 진심을 말할 뿐입니다."

"어쩐지…… 진심이라 듣기가 좋았구만. 그런 의미에서 부대 이동하기 전까지 자주 봐야겠어."

자주 보자니?

세 사람은 그의 말에 어색하게 웃을 뿐이었다.

김현식이 세 사람을 보고 피식 웃은 뒤 물었다.

"여기까지 질문 있거나 하고 싶은 말 있나?"

그의 말에 대한이 손을 들었다.

"저 드릴 말씀이 있습니다."

"그래, 뭐냐?"

"받고 싶은 선물이 생겼습니다."

"……그새 선물을 생각했구나."

"예, 땅벌부대가 좀 더 다양한 훈련을 받을 수 있도록 해 주십쇼."

"응? 그게 소원이라고?"

군인이 말할 소원이 이런 거지 뭐 다른 게 있겠나.

'인형이라도 사 달라 할 줄 알았나?'

김현식이 대한을 바라보며 물었다.

"그런 거라면 소원이라고 할 것도 없잖아. 어차피 공병학교에서 훈련을 시작한다면 이곳저곳 다닐 수 있을 텐데?"

"그런 가벼운 수준이 아니라 제대로 된 훈련을 받고 싶습니다."

"제대로 된 훈련? 뭐, 원하는 훈련을 말해 봐."

"병과별 기본 전술 훈련은 물론 공수훈련과 각 특수부대들이 받는 다양한 자격증 과정들을 모두 수료하고 싶습니다."

아까 뭐?

질투나 승부욕?

질투는 잘 모르겠지만 승부욕은 나도 엄청나다.

같은 편끼리 승부욕을 불태우는 것도 웃기는 일이긴 하지만 우리나라에서 최고라는 타이틀은 꼭 가지고 싶었다.

'최고라는 타이틀을 가지고 와야 부대원들에게 더 좋은 대우를 해 줄 수 있지.'

대한을 믿고 따르는 이들에게 잘해 주기 위한 필수 조건이었
다.

김현식이 피식 웃으며 말했다.

"아예 제대로 한번 붙어 보려고?"

"건드리지만 않는다면 붙을 생각은 없습니다."

"크크, 일단 알겠다. 다른 건 몰라도 병과별 기본 전술 훈련
이랑 공수훈련은 꼭 받을 수 있게 해 주마. 특수부대들의 자격
증 과정은 최대한 조율해 보마."

야호.

나도 드디어 공수마크를 달겠구나.

공병 병과에서 공수마크는 육사의 상징과도 같은 것이었다.

출신에 대한 피해의식이 없을 수 없는 학군 출신으로서는 그
것이 참으로 부러웠다.

'이렇게 하나씩 채워 가야지.'

이런 식으로 채워 나가다 보면 원하는 곳까지 올라가서 원하
는 시기에 군복을 벗을 수 있을 터.

대한이 미소를 지으며 답했다.

"감사합니다!"

"신선한 선물을 원할 거라 생각했는데 이런 걸 원할 줄은 상
상도 못했구나. 학교장이 꽤나 피곤하겠어."

"부대 훈련 사항 관련해서 정기적으로 보고드리겠습니다."

"하하, 선물 준다는 거 잊지 말고 계속 잘 챙겨 달란 거지?"

"아닙니다. 그저 사령관님께서 애정을 담아 만드신 부대인데 궁금하실 것 같아서 그렇습니다."

"그래, 한 달에 한 번씩 보고 받는 것으로 하마."

세 사람은 김현식의 격려를 받고는 그대로 집무실을 벗어났다.

그렇게 작전사에서 복귀하고 며칠 뒤.

공문을 확인하던 대한이 웃음을 터트렸다.

그리고 곧장 공문을 프린트해 단장실로 향했다.

✳

박희재가 여유롭게 대한을 맞이했다.

"무슨 일이냐? 커피 마시러 왔냐?"

"커피 마시면 답답하실 겁니다. 제가 콜라 꺼내 드리겠습니다."

"응? 내가 답답할 거라고?"

대한이 손에 든 공문을 박희재에게 건넸다.

"인사명령? 아, 이게 드디어 났구나."

세 사람 모두 기다리던 것이었다.

공병단을 떠나 다른 부대로 가고 싶다는 건 아니었다.

'그냥 공병단에 계속 머무르는 것이 좋지.'

새로운 곳을 가고 싶은 것도 한두 번이지 세 사람 모두 이사에 질린 상태였다.

그럼에도 기다렸던 건 송별회를 하기 위함이었다.

언제 가는지 정확히 알아야 송별회도 의미가 있지 않겠나.

문제는 이런 인사명령을 기다린 것이 아니었다는 것.

인사명령을 읽어 내려가던 박희재의 눈이 커졌다.

그도 그럴 것이 박희재의 인사명령만 3줄이었으니까.

"……공병학교 부학교장, 개척대 수석 교관, 첨단전력기획과 과장? 부학교장은 알겠는데 나머지 두 개는 뭐야? 개척대면 땅벌부대잖아? 네가 교관이랑 부대장 다 하는 거 아니었냐?"

대한이 인사명령을 보자마자 웃은 이유였다.

'나한테 겸직하라고 할 땐 몰랐겠지. 본인이 세 가지 보직을 겸직하게 될지.'

박희재는 분명 한직을 원했다.

물론 저 세 가지 보직 모두 한직이 맞았다.

공병학교 부학교장이야 원래 한직이었고 개척대는 EHCT를 정규 편제화 시킨 이름이었다.

개척대의 모든 일은 대부분 대한이 하게 되겠지만 윗사람들이 봤을 때, 중위가 모든 책임을 지고 있는 것이 좀 신경 쓰인 듯했다.

땅벌부대를 위해 책임이라도 대신 져 주라는 의미로 박희재를 수석교관 자리에 명령을 낸 것 같았다.

대한이 웃으며 답했다.

"제가 부대장 맞습니다. 밑에 보시면 개척대 대장과 교관으로 명령 나왔습니다."

"후, 좋아. 개척대까진 좋다 이거야. 근데 첨단전력기획과? 이건 처음 듣는 이야기라고. 공병학교에 이런 게 있긴 했어?"

"저도 처음 봅니다. 아마 신설된 곳이지 않겠습니까?"

"그럼 나한테 언질이라도 줘야 하는 거 아니야? 이게 정상적인 인사 명령이야?"

박희재는 연신 불만을 토해 냈다.

하지만 그뿐이었다.

박희재가 널널해 보여도 누구보다 군인다운 군인이었다.

명령에 죽고 사는 군인이었기에 어찌 됐든 맡은 보직을 열심히 할 터.

대한이 박희재에게 다가가 명령지의 한 부분을 가리키며 말했다.

"여기 확인하셨습니까?"

"누구 진수? 진수는 어디……."

여진수의 인사 명령을 확인한 박희재가 조용히 한숨을 내쉬었다.

"……지극히 정상적인 인사명령이었네."

여진수의 이름 밑에는 여진수의 보직 두 가지가 적혀 있었다.

첨단전력기획과 보좌관, 개척대 교관.

박희재와 대한을 돕는 보직 두 가지를 맡아 공병학교로 넘어

가는 것이다.

박희재는 여진수가 본인의 밑에 있다는 것에 불만을 바로 가라앉혔다.

그래도 한숨은 여전했다.

당연하지 않겠나.

그냥 부학교장으로서 학교를 돌아다니며 여유 있는 군 생활을 즐길 줄 알았더니 24시간이 모자라도록 돌아다녀야 할 판이었다.

대한이 미소를 지으며 말했다.

"단장님, 저희가 다 알아서 하겠습니다. 저도 부대 교육이 끝나면 첨단전력기획과로 넘어가서 돕겠습니다."

"너라면 그럴 거라 생각했다만…… 아니, 말년에 일복이 터졌나? 한직도 세 개를 한 번에 맡으면 요직 아니냐? 진급도 못 하는데 이렇게 열심히 할 필요가 있을까?"

"……저도 그렇게 생각하고 있습니다. 그래도 재미는 있지 않겠습니까?"

"응?"

"저희 세 명이서 계속 붙어 다녀야 하지 않습니까."

어느 조직이건 마찬가지겠지만 일이 힘든 것보다 사람에서 오는 스트레스가 더 힘들었다.

그런 의미에서 공병학교는 스트레스가 없는 곳일 터.

박희재도 동감하는지 고개를 끄덕였다.

"재미라…… 재밌긴 하겠네. 그나저나 난 그럼 사무실이 3개 인건가?"

그런가?

대한도 겸직을 할 때 본부중대장실과 인사과를 같이 썼다.

중위 보직도 자리가 더 주어졌는데 대령이면 오죽할까.

두 사무실과는 비교도 할 수 없이 거대한 사무실 세 개가 주어질 것이었다.

연신 인상을 쓰고 있던 박희재가 미소를 띠며 말했다.

"관사를 하나 더 받는 느낌이겠네."

대한은 그저 미소로 맞장구 쳐 줄 뿐이었다.

'아마 부학교장실 하나 받을 거다.'

공병학교가 크긴 했지만 빈 공간이 많은 건 아니었다.

훈련을 받기 위한 인원들이 오는 곳으로 건물들 대부분이 숙소였으니까.

개척대라 불리게 될 EHCT 팀들 또한 개인 숙소가 아닌 다인용 숙소를 이용해야 할 것이다.

개척대장 겸 교관인 대한 또한 사무실 하나를 겨우 받겠지.

하지만 굳이 박희재의 기분을 지금부터 망치고 싶진 않았다.

대한은 박희재의 기분이 완전히 풀린 것을 확인하고는 물었다.

"그럼 송별회는 언제로 잡으면 되겠습니까?"

"이번 주부터 해야지. 한 번에 다 회식하긴 좀 그러니 참모부,

중대 나눠서 저녁 먹는 것으로 하자."

"예, 알겠습니다. 계획 짜서 보고드리겠습니다."

"오랜만에 인사 업무하는 것 같네."

"하하, 그런 것 같습니다."

여진수에게 워낙 업무를 많이 떠넘긴 탓에 인사장교인 것도 깜빡하고 있었다.

대한은 이번 기회에 본인이 인사장교라는 것을 제대로 증명해 보이기로 했다.

'특별한 송별회를 계획해야겠군.'

지원과로 돌아간 대한은 여기저기 전화를 돌리며 회식 준비를 시작했다.

그리고 잠시 후, 계획서 하나를 만들어 단장실로 향했다.

"충성!"

"어, 송별회 관련 물어볼 거 있어?"

"아닙니다. 계획 검토 부탁드리겠습니다."

"벌써 다 짰다고?"

"예, 이런 건 금방 합니다."

박희재가 조용히 감탄하며 대한의 계획서를 받아 들었다.

그리고 장소를 확인하고는 고개를 갸웃했다.

"내 관사에서 한다고?"

"예, 일과 이후에 작은 바비큐 파티를 하면 좋을 것 같습니다."

"간부들이 좋아할까? 밖에서 맛있는 거 먹고 싶을 수도 있잖아."

"이미 조사는 마쳤습니다. 전 간부 모두 단장님 관사에서 하는 걸 환영했습니다. 먹고 싶은 것들도 물어봐서 다 반영했습니다. 적힌 대로 이틀 뒤면 준비 완료입니다."

송별회 음식으로 소고기부터 시작해서 랍스터, 대방어 등등 다양하게 준비 될 예정이었다.

박희재가 침음을 내며 말했다.

"흠, 나야 관사에서 하면 편하고 좋지. 근데…… 이 음식들을 어떻게 준비해? 운영비도 이만큼은 안 될 텐데?"

박희재는 운영비로 회식을 하는 걸 싫어했다.

물론 쓰지 못하는 것은 아니다.

그냥 운영비는 부대를 위해 남겨 놓자는 주의였다.

하지만 준비될 음식들을 보면 개인 사비는 물론 운용비까지 털어도 힘들어 보였다.

'주머니에 부담을 느낄 정도로 회식을 하면 안 되지.'

대한이 웃으며 말했다.

"DH 있잖습니까. 거기서 고생했다고 지원해 준다고 했습니다."

"또? DH투자인가 하는 봉사단체야? 거기 진짜 회사 맞냐? 어째 돈 들어가는 곳에는 빠지질 않네."

봉사단체라.

좋은 이미지이긴 하네.

'사기꾼들 모인 곳으로 생각 안 하면 됐다.'

대한이 대답을 피한 채 말했다.

"전 그럼 관사에 준비할 게 있어서 휴가 좀 쓰겠습니다."

"응? 준비하는데 휴가는 왜 써?"

"업무 외적인 것 아닙니까. 그리고 여기서 못 쓴 휴가가 너무 많습니다. 이럴 때라도 쓰고 돌아다니겠습니다."

"아…… 그, 그래. 그러려무나."

대한은 그대로 단장실을 나와 영천시내를 돌아다니기 시작했다.

그렇게 휴가내고 부대에 들락거린 것도 이틀째.

대한이 탄내를 풀풀 풍기며 지원과로 들어갔다.

여진수가 미간을 찌푸리며 물었다.

"너 뭐 불장난하고 왔어? 탄 냄새가 진동을 하네."

"후…… 누가 송별회 때 먹고 싶은 음식으로 미국식 바비큐를 적어 가지고 그거 하다가 왔습니다."

대한의 말에 여진수가 어색하게 웃으며 말했다.

"하하…… 그거 난데?"

"……진작 말씀하시지 그러셨습니까?"

"아니, 난 네가 그거 하러 가는 줄은 몰랐지."

"무슨 생각으로 그렇게 오래 걸리는 음식을 쓰신 겁니까?

저 휴가 안 냈으면 못 드셨습니다."

"아, 우리 아들이 먹어 보고 싶다 해서 그냥 써 봤는데…… 미안하다."

아들은 반칙이지.

대한이 자리에 앉으려다 다시 벌떡 일어났다.

"아드님은 언제 오십니까? 바비큐 과정을 설명드릴 필요가 있을 것 같은데…… 제가 모시겠습니다."

"일과 끝날 때쯤 와이프가 데리고 오기로 했어. 아참. 너는 어머니 오시냐?"

"예, 동생이랑 같이 택시 타고 오시기로 했습니다."

송별회는 간부들끼리만 하는 것이 아니었다.

박희재가 간부들의 가족들에게도 감사했다 인사하고 싶다고 했다.

다들 꺼려할까 걱정했지만 박희재가 워낙 군 생활을 잘했기에 간부들 대부분이 가족들과 함께하기로 되어 있었다.

오늘은 지원과와 중대장들의 송별회가 있는 날.

대한이 다시 지원과를 나가려던 그때.

정우진과 이영훈이 지원과의 문을 열고 들어왔다.

"이게 무슨 냄새야?"

"과장님, 어디 불난 거 아닙니까? 탄내가……."

그러다 대한의 몸에서 나는 걸 확인하고는 미안한 표정으로 말했다.

"······네가 고생이 많구나."

"뭐 좀 도와줄까? 네가 휴가 냈다기에 우리도 휴가 내고 왔다."

이영훈의 말에 대한이 고개를 갸웃하며 물었다.

"제가 승인을 해 드린 적이 없는데 어떻게 휴가를 내신 겁니까?"

"네가 휴가 중이니 지원과장님께서 대신 하셨지."

여진수가 대한에게 말했다.

"저런 간부들 덕분에 휴가 못 내서 못 도와준 거니까 이해해라. 대신 두 사람이 다 도와줄 거다. 데리고 가서 막 시켜."

지원과에 누구 하나는 남아 있어야 업무가 마비되지 않는다.

송별회에 아무리 공을 많이 들였다고 해도 업무보다 중요하진 않았다.

대한이 여진수에게 말했다.

"역시 과장님이십니다."

"형이야, 인마. 일과 끝나면 단장님 모시고 내려갈 테니까 잘 준비하고 있어. 특이 사항 있으면 전화하고."

"예, 알겠습니다."

대한이 두 사람을 데리고 위병소로 이동했다.

위병소 대합실의 냉장고로 이끈 대한이 말했다.

"이 안에 있는 것들 다 빼서 옮겨야 합니다."

"이 상자들? 이게 다 뭔데?"

"음식들입니다."

"……전부 다?"

"예, 이거 다 오늘 드셔야 합니다."

정우진이 가만히 상자들을 확인하고는 조용히 말했다.

"아무리 먹고 죽은 귀신이 때깔이 곱다지만 이건…….."

"진짜, 이건 다 못 먹지."

대한이 웃으며 말했다.

"다 드시라는 건 장난이고 참석하신 가족분들이 가져가실 수 있게 할 겁니다."

"아, 그런 거라면 이 정도 양은 해야지."

이영훈이 냉장고들을 둘러보다 물었다.

"근데 술은 없어?"

"드실 겁니까?"

"아니, 뭐 꼭 마시고 싶다는 건 아닌데…… 회식이면 필수 아니냐?"

"단장님께서 술 없어도 된다고 하셔서 준비 안 했습니다. 그래야 가족들이랑 같이 집 갈 수 있잖습니까."

"흠, 그러네. 역시 단장님이다."

사실 대한이 먼저 술을 제안하긴 했다.

하지만 박희재가 거절했다.

'오랜만에 맨 정신에 진솔한 대화를 나누고 싶다고 했지.'

술과 동반한 자리는 언제나 가능하지만 맨 정신으로 진솔한 대화를 할 수 있는 자리는 만들기 힘들었다.

그래서 마지막이니 만큼 일부러 술을 제외한 것.

'좋은 판단이셨다.'

이런 회식도 해 봐야지.

군인이라고 언제까지 술만 주구장창 먹겠나.

세 사람은 냉장고에 있는 음식들을 관사로 나르기 시작했다.

그렇게 모든 짐을 옮기고는 평상에 누워 휴식을 취했다.

말없이 휴식을 취하는 것도 잠시.

이영훈이 대한을 불렀다.

"대한아."

"예, 중대장님."

"그……."

"왜 그러십니까?"

쭈뼛거리는 이영훈.

그러더니 이내 입을 열었다.

"음, 딴 게 아니고…… 사실 너는 다시 볼 것 같아서 이런 말 안 하려고 했는데 지금 안 하면 계속 안 할 것 같아서. 그…… 고맙다."

대한이 평상에 누운 채 얼굴에 미소를 그렸다.

대한이 상체를 일으키며 말했다.

"하하, 갑자기 왜 안 하던 걸 하고 그러십니까? 뭐 잘못한 거 있으십니까?"

"자식아, 잘못은! 그냥 진짜 고마워서 그래."

"저도 장난입니다. 오히려 제가 더 감사합니다. 중대장님 계셔서 즐겁게 군 생활 했던 것 같습니다."

대한의 말에 이영훈도 미소를 지었다.

"즐겁게 군 생활한 건 당연한 거고 내가 고맙다고 하는 건 너한테 군 생활을 좀 배운 것 같아서 그래."

"중대장님께서 더 배우실 군 생활이 어디 있습니까? 그것도 저 같은 중위한테."

"나도 한때는 그렇게 생각했는데…… 막상 널 경험해 보니 배울 게 많이 보이더라. 자력을 떠나서 내 마음 씀씀이 같은 것들에 대해서."

이영훈이 과거를 회상하듯 하늘을 잠시 쳐다보다 다시 말을 이었다.

"돌이켜 보면 너 오기 전까지만 해도 난 참 날카로웠어. 전혀 그럴 필요가 없었는데 말이야. 친구들도 그러더라고. 어째 갈수록 날카로워지냐고. 근데 요즘은 또 말이 다르다? 나 인상 많이 좋아졌다고. 옛날의 나를 다시 보는 것 같다고. 그때 많은 생각이 들었지. 왜 이렇게 됐을까? 아, 직장 스트레스가 많이 없어졌구나. 그럼 그게 왜 없어졌을까? 아, 이게 다 대한이 덕분이구나 하고 말이야."

이영훈은 진심이었다.

그리고 대한도 저 말이 진실임을 안다.

전생의 이영훈은 대한에게 있어 대한을 힘들게 했던 사람 중 하나였으니까.

'저 인간 때문에 진짜 스트레스 많이 받았었는데······.'

하지만 처음부터 나쁜 사람이 어디 있을까?

막상 문제없이 지내본 이영훈은 좋은 사람이었다.

웃음도 많고 장난기도 많은.

그러니 전생의 이영훈은 아마 여유가 없어서 그런 것이었을 것이다.

그가 아무리 중대장에 대위 계급장을 달고 있다지만 그 또한 군 생활을 5년도 채 하지 않은 모든 게 처음인 사람이었으니까.

'원래 중간이 가장 힘들지. 대대장과 보급관 눈치 보느라 얼마나 고생이었겠어.'

하지만 이번 생에서는 대한이 그의 고충을 모두 덜어 주었다.

그러니 날카롭게 군 생활을 할 필요가 없어진 것.

그 말을 듣던 정우진이 웃으며 말했다.

"확실히 영훈이가 대한이 들어오고 나서 인상이 많이 유해졌지. 소리도 거의 안 지르고 말이야."

정우진의 말을 들은 이영훈이 웃으며 말했다.

"그땐 왜 그렇게 소리 질렀는지 모르겠습니다. 소리 지르면 목만 아픈데······ 그래서 참 아쉽습니다. 어디 가서 대한이 같은 놈 만나겠습니까."

"하하, 아닙니다. 저야말로 중대장님이 잘해 주셔서 편하게 군 생활할 수 있었던 거지 제가 한 게 뭐가 있겠습니까."

"자식이 말은, 따지고 보면 거의 네가 밥상 차려 줬지. 안 그렇습니까?"

"맞아, 대한이가 진수성찬을 차려 줬지."

그 말에 대한이 진심으로 환하게 웃으며 말했다.

"제가 다른 사람은 몰라도 앞으로 두 분한테만큼은 늘 진수성찬 차려 드리겠습니다."

그러자 이영훈이 벌떡 일어나며 말했다.

"야, 나만 차려 줘야지. 선배는 이미 잘나가시는데 진수성찬이 무슨 필요가 있어? 그리고 내가 네 중대장이었지 선배가 중대장이었냐?"

"내가 뭘 잘나가? 그리고 대대에 있을 때 내가 얼마나 대한이를 아꼈는데."

"있으신 분들이 더하다더니. 알겠습니다. 조금 양보는 하겠습니다. 밥 두 숟갈 정도?"

"어휴, 새삼 느끼는 거지만 전 중대장님 두 분 모시는 느낌이었습니다."

"에이 아무리 그래도 내가 영훈이 정도는 아니지."

"하하하."

세 사람은 그렇게 다시 투닥이기 시작했고 얼마 뒤 송별회 준비가 마무리되었다.

그날 일과가 끝나고 난 뒤 위병소로는 단 간부들의 가족들이 하나씩 들어오기 시작했다.

세 사람은 그들을 박희재의 관사로 안내했고 가족들 모두 관사의 모습에 감탄했다.

"여기가 단장님 사시는 관사구나."

"우와……."

"높은 사람은 좋은 곳에 사는구나……."

어우.

모든 관사가 다 이런 줄 알면 큰일인데?

여긴 특별히 대한이 신경을 많이 쓴 곳이다.

무려 이원영이 있을 때부터 관리해 온 곳이니 어지간한 별장보다 좋은 곳이었다.

대한이 뿌듯해하고 있을 때 위병소에서 무전이 왔다.

─여기는 위병소. 인사장교님 가족분들 도착했습니다.

"어, 그래. 지금 내려간다."

대한이 위병소로 서둘러 이동했다.

위병소에는 엄마와 민국이 부대를 구경하는 중이었다.

"택시 타고 온 거 맞지?"

"하하, 어. 버스 타고 오려고 했는데 민국이가 준비를 늦게 하는 바람에 어쩔 수 없이 택시 탔어."

대한이 민국을 흘끔 바라보자 민국이 씨익 웃으며 어깨를 으쓱거렸다.

'자식, 일부러 그랬구만.'

돈이 많아졌다고 하더라도 습관은 변하지 않았다.

평생을 가난하게 살았던 엄마는 여전히 돈을 아끼려 했고 대한은 그런 엄마가 편하게 살았으면 했다.

하지만 그게 어디 말처럼 쉬울까.

그래서 민국이 머리를 좀 쓴 것이다.

대한이 웃으며 두 사람을 데리고 관사로 이동했다.

관사에 도착하자 대한의 가족을 발견한 박희재가 살갑게 그들을 반겼다.

"오시느라 고생 많으셨습니다. 잘 지내셨죠?"

"예, 잘 지내고 있었어요. 그나저나 언제 이런 걸 다 준비하셨대요? 와서 좀 도와드리려고 했더니 도와드릴 게 하나도 안 보이네요."

"하하, 이거 다 대한이 작품입니다. 녀석이 어찌나 꼼꼼하던지 여기 온 사람들이 아무것도 하지 않고 즐기고만 갈 수 있게 철저하게 준비해 놨습니다."

과장은 아니었다.

자그마치 이틀을 준비했으니.

심지어 오늘은 중대장 두 사람도 합세해서 준비한 것이니 철저하다면 철저했다.

대한이 가족들을 데리고 자리에 앉혔고 얼마 뒤, 참석하기로
했던 모든 인원들이 자리하자 박희재가 입을 열었다.

"다 오신 것 같네요. 제가 부대를 떠나기 전에 저희 간부들 가
족들께 감사하다는 말씀 전하고 싶어 이런 자리를 만들었습니
다. 다들 군인 가족 하기 힘드시죠?"

그의 말에 가족들 몇 명이 웃음을 터트렸다.

진심이 섞인 웃음이었다.

'군인이 가족이면 힘들긴 하지. 자주 못 보는 건 기본이고 어
디 제대로 놀러 가지도 못하니까.'

웃음을 터트린 가족들을 보면 대부분 가장을 군인으로 둔 사
람들이었다.

박희재도 같이 웃으며 말을 이었다.

"그래도 여러분들 덕분에 저희가 이렇게 군 생활을 계속하고
있습니다. 그런 의미에서 이 자리를 빌어 진심으로 감사하다는
말씀을 드리며 행여 집에서 오해할 만한 행동을 하더라도 너그
럽게 이해해 주시기 바랍니다."

박희재의 말에 대한이 웃음을 참았다.

이야, 저 양반도 멘트 좀 치네?

원래도 분위기가 좋았지만 박희재의 멘트에 분위기는 더욱
무르익었다.

"아, 그리고 술을 좋아하시는 분들께는 죄송하지만 오늘은
술이 없는 회식입니다. 술을 드시고 싶으신 분들은 식사하시고

가정으로 복귀하셔서 즐거운 시간 보내시기 바랍니다. 이상입니다."

박수가 쏟아졌고 곧 식사가 시작됐다.

다들 준비된 음식 퀄리티에 감탄하기 바빴다.

랍스터에 스모크 바비큐에 스테이크까지⋯⋯ 산해진미도 이런 산해진미가 없을 것이다.

그래서일까?

참석 인원들 모두 즐겁게 송별회를 즐겼다.

술은 없었지만 같은 군인 가족이라는 이유로 다들 어색함 없이 빠르게 친해졌다.

대한 또한 같이 대화에 참여해 이런저런 이야기들로 시간을 보냈다.

대한이 덕분에 분위기는 더 좋았다.

대한은 최근에 인천공항에서 테러를 막은 영웅이었으니까.

그렇게 두어 시간 뒤, 박희재가 시간을 확인하고는 자리에서 일어났다.

"자, 자, 주목해 주시기 바랍니다. 이러다 저희 내일 아침까지 이야기할 것 같습니다. 그래서 일단 오늘은 여기까지 하고 마무리해 보겠습니다. 시작할 때 말씀드렸던 것처럼 아쉬우신 분들은 가정에서 즐겨 주시기 바랍니다."

갑작스럽게 자리를 끝내는 상황이었지만 여기서 아쉬워하는 사람들은 없었다.

그도 그럴 것이 관사에 사는 가족들끼리는 자리가 얼른 끝나길 기다렸으니까.

'복귀해서 제대로 한잔하시려는 모양이네.'

자리가 마무리되려 하자 대한은 얼른 준비한 포장 용기들을 나눠 주었다.

애초에 이럴 목적으로 음식을 많이 준비한 것이니까.

'여기가 아무리 즐거워도 가족끼리 집에서 먹는 것보다 좋을까.'

가족들은 음식들을 깔끔하게 포장하고는 박희재와 일일이 인사했다.

그렇게 대한의 가족을 제외한 모든 가족들을 보내고는 대한에게 말했다.

"고생 많았다. 대한아."

"아닙니다. 단장님께서 제일 고생하셨습니다."

빈말이 아니었다.

대한이야 그냥 이곳저곳 돌아다니며 몸만 피곤했을 뿐이다.

반면, 박희재는 가족들에게 일일이 인사를 다닌다고 정신적으로 피곤했다.

대부분의 일이 그러하겠지만 몸이 힘든 것보다 정신적인 스트레스가 더욱 심했다.

박희재가 크게 숨을 내쉬며 말했다.

"후, 가족들을 처음 만나니 할 이야기가 많더구나. 이런 것도 자주 해야 이럴 때 편하게 할 수 있겠어. 그런 의미에서 공병학교 가면 이런 자리 좀 자주 만들자."

"……잘못들었습니다?"

"거기 가면 우리 밑에 병사도 없잖아. 다 간부들일 텐데 더 자주 할 수 있는 거 아냐?"

아휴, 그건 누가 준비하는데요?

그래도 공병학교 가면 땅벌부대 내 새끼들 먹이는 일이 될 텐데 나쁘지 않은 것 같았다.

대한이 씩씩하게 답했다.

"예, 알겠습니다. 준비하겠습니다."

"역시 넌 시원시원해서 좋아. 그나저나 어머니랑 동생은 어디 가셨어?"

"아, 다른 가족분들이랑 인사하러 가셨습니다. 곧 올라오실 겁니다."

대한이 유명한 만큼 대한의 어머니 역시 군인 가족들 사이에선 유명했다.

아니, 유명하다기보단 고마워하는 사람이 많았다.

여기서 대한의 덕을 안 본 사람은 거의 없었으니까.

'이런 식으로 외조가 될 줄은 몰랐네.'

어머니 얼굴에 금칠해 드리는 것만큼 기분 좋은 일이 또 있을까.

박희재가 피식 웃으며 말했다.

"송별회를 한 보람이 있네."

"예, 좋은 자리였던 것 같습니다."

"그럼 너도 슬슬 갈 준비해야지?"

"예, 단장님도 갈 준비하십쇼."

"……응?"

대한이 주변을 둘러보며 말했다.

"대충 다 치워 놓긴 했다 하더라도 더러운 상태잖습니까. 내일 저랑 중대장들이 치우겠습니다."

"알겠어. 근데 나보고 어디 갈 준비를 하라고?"

"여기서 주무시게 하면 혼자서 치우실 것 같아서 모시고 가려고 합니다."

"모시고 간다고? 어딜?"

"저희 집으로 모시겠습니다."

박희재가 놀란 눈으로 대한을 바라봤다.

대한이 박희재의 복장을 훑어보며 말했다.

"일단 복장만 편한 복장으로 갈아입으시면 될 것 같습니다."

"야야, 내가 어떻게 너희 집에 가냐? 어머니랑 동생 불편하시게."

"어머니가 안줏거리 해 놓고 오셨습니다."

"……안줏거리?"

"술 아쉬우신 거 아닙니까?"

이원영과 같은 부대에 있을 때는 틈만 나면 술을 마셔 댔었다. 그러다 이원영이 다른 부대로 가고 난 뒤에는 술 마시는 걸 본 적이 없었다.

분명 술이 한잔하고 싶을 터.

박희재가 침을 꼴깍이며 물었다.

"부담되시는 거 아니냐?"

"송별회 계획 들으신 어머니가 먼저 물어보셨습니다."

"크흠……."

박희재가 잠시 고민하더니 관사로 들어갔다.

그리고 환복을 하고는 손에 쇼핑백 하나를 들고나왔다.

"술은 내가 챙겨 가마."

"아닙니다. 집에 술 많습니다."

"그런 파는 것들과 비교할 수 없는 것들이야. 한정판이라고."

"아, 그렇습니까?"

비싼 술이라는 건가?

집에 그런 건 좀 사 두긴 했는데.

대한이 쇼핑백 안을 확인하고는 고개를 갸웃했다.

"담금주 아닙니까?"

"내가 직접 담근 거다. 이거 인삼 아니고 산삼이야."

술에 이렇게 진심인 사람이었다니.

대한이 씨익 웃으며 박희재와 관사를 벗어났다.

송별회가 끝나고 며칠 뒤 단장 이취임식 날이 되었다.

오늘을 마지막으로 대한과 박희재, 여진수는 공병단을 떠나게 된다.

대한은 박희재의 호출에 단장실로 향했다.

"충성!"

단장실에는 후임 단장도 함께하는 중이었다.

대령 차석훈.

아는 얼굴은 아니었다.

하지만 그는 대한을 안다는 듯 미소를 지으며 말했다.

"제일 잘나가는 군인을 이렇게 보게 되네. 반가워."

제일 잘나간다니.

대한이 어색하게 웃으며 말했다.

"하하, 소문이 잘못 퍼진 것 같습니다."

"그래? 하지만 공병실장님이 헛소문을 퍼트릴 분은 아니지 싶은데…… 아, 이제 학교장님이시지?"

이젠 대한과 박희재가 상급자로 모셔야 할 인물.

최성일 소장이 직접 이야기를 해 준 모양이다.

'그 양반 입에서 나온 말이라면 헛소문도 진짜가 되는 거지.'

대한이 고개를 끄덕이며 답했다.

"그럼 제가 제일 잘나가는 군인이 맞는 것 같습니다."

"하하, 재미있는 친구네."

박희재 또한 피식 웃으며 말했다.

"공병단 단장 자리가 쉬운 자리는 아닌데 일 잘하는 놈을 두 명이나 빼 가서 미안하게 생각한다."

"안 그래도 절 걱정해 주시는 분들이 많았습니다. 그래서 말인데…… 둘 중에 한 명만 놔두고 가 주시면 안 되겠습니까?"

"하하! 안 되지! 두 사람이 내 오른팔, 왼팔인데 팔 놔두고 가면 되나."

"후, 여러 선배님들께서 많은 말씀해 주셨는데 그걸 다 듣고 나니 안심은커녕 걱정만 더 되는 것 같습니다."

"너무 걱정할 필요는 없어. 둘을 제외하더라도 남은 간부들이 하나하나 다 능력 좋은 친구들이거든. 대한아, 설명 좀 해 줘라."

박희재의 말에 차석훈의 고개가 돌아갔다.

대한이 차석훈을 향해 말했다.

"현재 공병단에 남아 있는 간부들 중 세 명을 잘 쓰신다면 편한 군 생활을 하실 수 있으실 거라 판단됩니다."

"그게 누구지?"

"중대장으로는 정우진 대위와 이영훈 대위입니다. 정우진 대위는 훈련 계획 및 병력 통제 관련 모든 걸 일임해도 될 정도의 능력을 가지고 있습니다."

"중대장이니 병력 통제는 이해가 되는데 훈련 계획도 중대장이 해? 정작과는 뭐 하고?"

"정작과도 잘하고 있습니다. 다만 정우진 대위가 그린 그림이라면 훈련을 진행할 때 아무런 걱정을 하지 않아도 된다는 말씀을 드리고 싶은 겁니다."

남이 세운 계획을 따라가는 것보다는 본인이 세운 계획을 직접 실행하는 것이 결과가 좋은 건 당연한 사실이었다.

대한이 하고 싶은 말은 정우진이 정작과를 대신할 만한 머리를 가지고 있다는 것.

차석훈이 흥미롭다는 표정으로 고개를 끄덕였다.

"좋네, 머리 좋은 친구가 중대장하고 있으니 그런 일도 하는구나. 그럼 이영훈 대위는 뭘 잘하는데?"

"이 대위한테는 이게 될까 싶은 걸 시키시면 됩니다."

"……응?"

"훈련의 키포인트로 쓰시면 어떻게든 막힌 곳을 뚫어 낼 겁니다."

차석훈은 대한의 말을 단번에 이해할 수 없었다.

하지만 박희재의 반응을 보니 이영훈이 어떤 인물인지 알 것 같았다.

"시키면 막무가내로 어떻게든 해내는 모양이네."

"예, 그렇습니다."

명령이 내려온다면 어떻게든 해내는 것이 군인 아니겠나.

대한을 겪기 이전에도 이영훈은 군인이었다.

물론 대한을 겪고 나서 진정한 군인이 되긴 했지만 대한이 없을 때도 마찬가지일 터.

차석훈은 마음이 한결 편해졌는지 미소를 지으며 물었다.

"조금 걱정을 하긴 했었는데 전혀 그럴 필요 없겠구만. 그래, 나머지 한 명은 누구지?"

"나머지 한 명은……."

대한은 마지막 한 사람에 대해 이야기했고 그 이름을 들은 차석훈이 의외의 표정을 지었다.

"그 친구? 자력을 확인해 봤는데 특별한 건 없었는데?"

"하하, 자력은 평범하지만 그래도 제가 아는 간부들 중에선 가장 열심히입니다. 일례로 간부들 중 가장 먼저 출근해서 제일 늦게 퇴근하는데 단과 대대를 통틀어 군 생활에 가장 진심일 거라 확신할 수 있습니다."

"자네가 그렇게까지 말한다면 한번 지켜보겠네."

"감사합니다."

대한의 말에 박희재도 흐뭇하게 웃으며 이야기했다.

"다른 사람도 아니고 대한이 추천이니 한번 믿어 봐도 좋을 거야. 그리고 전부 다 내가 대대장 할 때부터 데리고 있던 애들이라 내가 보증하지. 근데 다들 내 스타일에 맞춰져 있어서 자네 기준에는 쪼끔 부족할 순 있어?"

"하하, 아닙니다. 단장님 스타일로 맞춰져 있다면 저야 좋습니다. 공병 병과에 있는 사람들 중에 공병단의 이야기를 모르는 사람은 없잖습니까. 저도 단장님처럼 군 생활해 보고 싶습니다."

박희재와 같은 군 생활이라.

하지만 차석훈이 박희재처럼 할 수 있을까?

박희재처럼 하려면 언제든 전투복을 벗을 각오가 되어 있어야 했다.

'쉽지만은 않을 거다.'

다들 대한이나 박희재처럼 군 생활을 한다면 얼마나 좋을까.

그래도 박희재의 잔재들이 남아 있기에 기대해 볼 만했다.

대한은 두 사람과 가벼운 대화를 더 나누고는 단장실을 나왔다.

그로부터 몇 시간 뒤 공병단장 이취임식이 진행되었고 박희재의 희망대로 짧고 간단한 이취임식이 되었다.

사회를 보았던 대한은 행사를 빠르게 정리한 뒤 자신의 차로 향했다. 그리고 트렁크를 열어 미리 준비해 둔 종이가방들을 꺼냈다.

'마지막인데 기분 좋게 인사해야지.'

이제 남은 일은 친하게 지냈던 간부들과 일일이 작별 인사를 하는 것.

대한은 우선 가장 가까이에 있는 남승수부터 만나러 갔다.

대한이 웃으며 오자 남승수도 자리에서 일어나 대한을 반겼다.

"아이고 과장님 오셨습니까."

"하하, 떠나기 전에 인사드리러 왔습니다."

"에이, 뭘 또 직접 인사까지 오고 그러십니까. 전화드리면 되는데."

"하하, 그래도 같이 보낸 시간이 있는데 어떻게 그러겠습니다. 그보다 이거."

"이게 뭡니까?"

"담당관님께는 고마운 게 많아서 약소하게나마 준비해 봤습니다. 술입니다."

"아니, 뭘 이런 걸 또…… 전 아무것도 준비 못 했는데……."

"하하, 뭘 바라고 준비한 건 아닙니다. 그냥 감사의 의미로 준비한 거니 기쁘게 받아 주십쇼."

대한의 선물에 남승수가 활짝 웃는다.

그러더니 두 사람은 곧 뜨겁게 악수를 나누었다.

술을 주어서 그런 게 아니다.

대한이나 남승수나 두 사람 다 서로에게 고마운 것들이 많았기 때문이다.

남승수가 말했다.

"과장님 덕분에 제가 생각이 참 많이 바뀌었습니다. 덕분에 군 생활에 대한 열의도 더 생겼고요. 아마 제가 기억하는 군인들 중 가장 오랫동안 기억될 군인이 되실 것 같습니다."

"하하, 그렇게 말씀해 주셔서 감사합니다. 저도 담당관님 같은 사람 또 만날 순 없을 것 같습니다. 그런 의미에서 다음에 또 인연이 되면 반드시 같이 일할 수 있었으면 좋겠습니다."

대한은 서로에게 덕담을 주고받은 뒤 그제야 다음 사람을 만나러 갈 수 있었다.

다음 사람은 1중대 보급관인 박태록이었다.

그런데 마침 박태록과 본부중대 보급관 진홍길이 같이 있었다.

"아이고, 충성. 과장님이 여긴 어쩐 일이십니까."

두 사람은 커피를 마시며 담배를 태우고 있었는데 오히려 한꺼번에 만날 수 있어 좋았다.

대한이 두 사람에게 각자 종이가방 하나씩을 내밀며 말했다.

"보고 싶은 분들 찾아다니고 있었습니다. 두 분이 마침 같이 계시니 참 다행입니다. 이거 받아 주십쇼."

"이게 뭡니까?"

"약소한 선물인데 술입니다."

"술?"

술이란 말에 진홍길이 얼른 내용물을 확인한다.

내용물 자체는 전부 같은 것이었다.

그런데 내용물을 확인한 진홍길의 눈이 휘둥그레 커졌다.

술이 조니워커 블루라벨이었기 때문이다.

"……역시 우리 중대장님, 마음 사이즈가 아주 남다르십니다.”

“하하, 아닙니다. 보급관님 덕분에 제가 본부중대장까지 겸임할 수 있었던 것 아니겠습니까. 아, 물론 박 원사님 덕도 많이 봤습니다. 저 때문에 고생 많이 하셨습니다.”

“하하, 제가 무슨 고생입니까. 과장님 덕분에 진귀한 경험을 더 많이 했지요. 그나저나 벌써 이렇게 부대를 떠나게 되니 여러모로 감회가 새롭습니다.”

“저도 시간이 벌써 이렇게 흘렀나 싶습니다. 그럼 두 분 다 건강 관리 잘하시고 다음에 또 놀러 오겠습니다.”

“하하, 예, 들어가십쇼. 충성.”

두 사람은 마지막이라고 생각했는지 대한에게 손날을 세워 경례해 주었고 대한 역시 두 사람의 경례를 기분 좋게 받아 주었다.

‘자, 그럼 이제 남은 건······.’

대한은 어디론가 전화를 걸었다.

그러자 전화를 받은 이들이 대한이 있는 곳으로 왔다.

대한의 전화를 받고 온 사람들.

다름 아닌 동기들, 심형준과 정호준이었다.

“대한아!”

“여, 가냐?”

마익형은 대한이 단으로 가기 전에 다른 부대로 전출을 갔다.

두 사람을 본 대한이 물었다.

"어, 마지막으로 너희 보려고 왔다. 근데 지호는?"

"글쎄? 전화 안 받던데?"

윤지호.

녀석한테도 전화를 했지만 받지 않았다.

바쁜가 보다.

아쉽지만 시간이 별로 없어 일단 두 사람이라도 만났다.

심형준이 웃으며 말했다.

"난 아직도 네가 우리 동기라는 게 실감이 안 간다. 다 똑같은 중위인데 어떻게 너 혼자만 이렇게 날아다니냐."

"그러게나 말이야. 그런 의미에서 난 대한이가 우리 중에서 가장 성공할 것 같아."

"그렇겠지. 아니, 꼭 그래야지. 가장 성공해서 별 달아야지."

두 사람의 실없는 농담에 대한이 피식 웃으며 선물을 주었고 마지막으로 악수를 한 뒤 다음에 한잔할 것을 기약하고 나서 헤어졌다.

대한은 이외에도 보고 싶은 사람들을 모두 만났고 단과 대대 간부들을 다 만나고 나니 어느덧 일과가 끝날 시간이 되었다.

지원과에 복귀하자 여진수가 책상을 다 치운 채 대한을 기다리고 있었다.

"정리 다 했냐?"

"예, 바로 장성으로 출발해도 됩니다."

"숙소 짐은?"

"그건 제 방을 이어받을 후배에게 다 넘겨줄 생각입니다."

"짬 처리? 혹시 거기 쓰레기만 있는 거 아니냐?"

"에이, 아닙니다. 매트리스도 좋은 것으로 새것을 사 놨고 컴퓨터, 책상, 의자 다 좋은 겁니다."

"그 정도면 돈 좀 받아야 하는 거 아니냐?"

"괜찮습니다. 그냥 군 생활 열심히 잘해 줬으면 됐습니다."

"야, 그럼 그거 나 줘라. 내가 열심히 할게."

여진수는 대한의 숙소를 넘겨받을 사람이 부러운 듯했다.

대한이 웃으며 말했다.

"하하, 과장님은 그냥도 열심히 하시지 않습니까."

"참나, 군 생활을 대충할 수도 없는 노릇이건만…… 사무실 정리는 다 끝났지? 짐 없던데?"

"예, 이제 출발하면 됩니다."

"혹시 도열 같은 건 준비 안 했지?"

"예, 이제 저희 부대도 아닌데 조용히 나가야 하지 않겠습니까?"

"그래, 아쉽지만 그게 맞지."

차석훈이 공병단의 주인이 된 마당에 떠나는 세 사람을 위해 도열하는 건 경우가 아니었다.

그렇기에 간부들을 만나러 다니며 따로 인사를 한 것.

대한과 여진수는 지원과를 나와 주차장에 세워 둔 각자의 차에 탑승했다.

그리고 차를 출발시키려던 순간이었다.

"대한아!"

누군가 대한의 이름을 불렀다.

뭔가 싶어 백미러로 얼굴을 보니 생각지도 못한 인물이 대한의 차를 향해 뛰어오고 있었다.

다름 아닌 윤지호였다.

다음 권으로 이어집니다

꿈의 도약, 로크에서 하십시오
(주)로크미디어에서 신인 작가를 모십니다

즐거운 세상, 로크미디어는 꿈을 사랑하고 도전을 두려워하지 않는 작가 분들의 참신한 작품을 기다리고 있습니다. 21세기 장르 문학계를 이끌어 갈 차세대 선두 주자 (주)로크미디어에서 여러분의 나래를 활짝 펴 보시길 바랍니다.

모집 분야 판타지와 무협을 포함한 장르 문학
모집 대상 아마추어 작가, 인터넷 작가
모집 기한 수시 모집
   작품 접수 시 유의 사항
   1. 파일명은 작가명_작품명.hwp형식을 갖춰 주십시오.
   1. 파일에 들어갈 내용은 다음과 같습니다.
      − 성명(필명인 경우 실명을 밝혀 주세요), 연락처, 이메일 주소
      − 제목, 기획 의도
      − A4용지 1장 분량의 등장인물 소개
      − A4용지 2장 분량의 전체 줄거리
      − 본문
   1. 작품이 인터넷에 연재되고 있다면, 게시판명과 사이트의 구체적이고 정확한 주소를 기재해 주십시오.

선택된 작품은 정식 계약 후 출판물로 간행되어 전국 서점에 유통됩니다.
작가 분은 (주)로크미디어의 전폭적인 지원하에 전속 작가로 활동하시게 됩니다.
※ 자세한 내용은 로크미디어 홈페이지(rokmedia.com)를 참조하세요.

(04167)서울시 마포구 마포대로 45 일진빌딩 6층
(주)로크미디어 편집부 신간 기획 담당자 앞
전화 : 02) 3273−5135
www.rokmedia.com   이메일 : rokmedia@empas.com